16	3	2	13
5	10	11	8
9	6	7	12
4	15	14	1

Coleção LESTE

Lev Tolstói

A MORTE
DE IVAN ILITCH

Tradução, posfácio e notas
Boris Schnaiderman

Texto em apêndice
Paulo Rónai

editora■34

EDITORA 34

Editora 34 Ltda.
Rua Hungria, 592 Jardim Europa CEP 01455-000
São Paulo - SP Brasil Tel/Fax (11) 3811-6777 www.editora34.com.br

Copyright © Editora 34 Ltda., 2006
Tradução © Boris Schnaiderman, 2006
Texto de Paulo Rónai © Condomínio dos proprietários
dos direitos intelectuais de Paulo Rónai — direitos cedidos
por Solombra - Agência Literária (solombra@solombra.org)

A FOTOCÓPIA DE QUALQUER FOLHA DESTE LIVRO É ILEGAL E CONFIGURA UMA
APROPRIAÇÃO INDEVIDA DOS DIREITOS INTELECTUAIS E PATRIMONIAIS DO AUTOR.

Edição conforme o Acordo Ortográfico da Língua Portuguesa.

Título original:
Smiert Ivana Ilhitchá

Imagem da capa:
Evandro Carlos Jardim, Figura, *fevereiro de 1990,
água-tinta e buril s/ papel, 45,5 x 59 cm*

Capa, projeto gráfico e editoração eletrônica:
Bracher & Malta Produção Gráfica

Revisão:
Cide Piquet, Fabrício Corsaletti

1ª Edição - 2006 (1 Reimpressão),
2ª Edição - 2009 (13ª Reimpressão - 2025)

CIP - Brasil. Catalogação-na-Fonte
(Sindicato Nacional dos Editores de Livros, RJ, Brasil)

Tolstói, Lev, 1828-1910
T598m   A morte de Ivan Ilitch / Lev Tolstói;
tradução, posfácio e notas de Boris Schnaiderman;
texto em apêndice de Paulo Rónai — São Paulo:
Editora 34, 2009 (2ª Edição).
96 p.   (Coleção Leste)

ISBN 978-85-7326-359-6

Tradução de: Smiert Ivana Ilhitchá

1. Literatura russa. I. Schnaiderman, Boris.
II. Rónai, Paulo, 1907-1992. III. Título. IV. Série.

CDD - 891.73

A MORTE DE IVAN ILITCH

A morte de Ivan Ilitch 7

Posfácio: "Traduzir *A morte de Ivan Ilitch*",
   Boris Schnaiderman 78
Apêndice: "Sobre Tolstói e *A morte de Ivan Ilitch*",
   Paulo Rónai 83

A presente tradução se baseou na edição das *Obras reunidas* de L. N. Tolstói publicada em 1958-1959 pela Goslitizdát (Editora Estatal de Literatura) de Moscou.

I

No vasto edifício do Foro, num intervalo do julgamento da família Mielvínski, os juízes e o promotor reuniram-se no gabinete de Ivan Iegórovitch Chebek, e a conversa versou sobre o célebre caso Krassov. Fiódor Vassílievitch exaltou-se, procurando demonstrar a incompetência dos tribunais, Ivan Iegórovitch insistiu no seu ponto de vista, e Piotr Ivânovitch, que não interviera na discussão desde o início, continuava a não participar dela e corria os olhos pelo *Viédomosti*,[1] que acabavam de trazer.

— Senhores! — disse ele. — Morreu Ivan Ilitch.

— Será possível?

— Aqui está, leia — disse ele a Fiódor Vassílievitch, entregando-lhe o jornal fresco, ainda cheirando a tinta.

Havia ali a seguinte notícia, envolvida por uma tarja preta: "Prascóvia Fiódorovna Golovina comunica, com dor na alma, a seus parentes e conhecidos o falecimento do seu amado esposo, o juiz Ivan Ilitch Golovin, ocorrido em 4 de fevereiro do corrente ano de 1882. O féretro sairá sexta-feira, à uma da tarde".

Ivan Ilitch era colega dos cavalheiros ali reunidos, e to-

---

[1] Provavelmente o jornal *Birjevíie Viédomosti* (literalmente: Boletins da Bolsa, mas que era um periódico noticioso em geral). (N. do T.)

dos gostavam dele. Estivera doente algumas semanas; dizia-se que a sua doença era incurável. Não fora substituído no cargo durante a moléstia, mas sugeria-se que, no caso da sua morte, seria provavelmente substituído por Aleksiéiev, e este, no seu cargo, por Vínikov ou Stábel. De modo que, ao ouvirem a notícia da morte de Ivan Ilitch, o primeiro pensamento de cada um dos que estavam reunidos no gabinete teve por objeto a influência que essa morte poderia ter sobre as transferências ou promoções tanto dos próprios juízes como dos seus conhecidos.

"Agora, certamente receberei o posto de Stábel ou de Vínikov — pensou Fiódor Vassílievitch. — Isto já me foi prometido há muito tempo, e esta promoção significa um aumento de oitocentos rublos, além da chancelaria."

"Será preciso agora pleitear que meu cunhado seja transferido de Kaluga — pensou Piotr Ivânovitch —, minha mulher ficará muito contente. E não se poderá mais dizer que eu nunca fiz nada pelos parentes dela."

— Bem que eu pensava que ele não se levantaria mais — disse Piotr Ivânovitch. — É pena.

— Mas o que foi mesmo que ele teve?

— Os médicos não souberam precisar. Ou melhor, precisaram, mas de diferentes maneiras. Quando eu o vi pela última vez, tive a impressão de que ia ficar bom.

— Eu não estive na sua casa desde o último feriado. Estava sempre me preparando para visitá-lo.

— Ele tinha posses?

— Parece que a mulher tem algo, porém muito pouco. Qualquer coisa de todo insignificante.

— Sim, temos que fazer uma visita. Eles moravam tremendamente longe.

— Isto é, longe da sua casa. Mas tudo fica longe da sua casa.

— Aí está um que não pode perdoar-me o fato de eu morar na outra margem do rio — disse Piotr Ivânovitch, com um sorriso na direção de Chebek. Passaram a comentar as grandes distâncias na cidade, depois foram à sala das sessões.

Além das considerações suscitadas em cada um por esta morte, sobre transferências e possíveis alterações no serviço, o próprio fato da morte de um conhecido tão próximo despertou como de costume, em cada um que teve dela conhecimento, um sentimento de alegria pelo fato de que morrera um outro e não ele.

"Aí está, morreu; e eu não" — pensou ou sentiu cada um. Quanto aos conhecidos mais próximos, os assim chamados amigos de Ivan Ilitch, pensaram então involuntariamente também que precisavam, agora, cumprir umas obrigações muito cacetes, ir às exéquias, e também fazer uma visita de pêsames à viúva.

Os mais chegados ao extinto eram Fiódor Vassílievitch e Piotr Ivânovitch.

Este último fora seu colega na Faculdade de Direito e considerava-se com certas obrigações para com Ivan Ilitch.

Depois de comunicar à mulher, durante o jantar, a notícia da morte e algumas considerações sobre a possibilidade da transferência do cunhado para a mesma comarca, Piotr Ivânovitch nem se deitou para descansar, mas vestiu o fraque e dirigiu-se à casa de Ivan Ilitch.

Uma carruagem e dois cocheiros estavam parados à entrada do prédio. Embaixo, na antessala, junto ao cabide, estava encostada à parede a tampa do caixão, coberto de brocado, com pompons e galões lustrados. Duas senhoras de preto estavam tirando as peliças dos que chegavam. Uma era conhecida, a irmã de Ivan Ilitch, a outra desconhecida. Schwartz, colega de Piotr Ivânovitch, estava vindo de cima e, tendo visto de um degrau superior aquele que entrava, parou e piscou-lhe um olho, como que dizendo: "O que Ivan Ilitch fez foi uma tolice; você e eu somos de outro estofo".

O rosto de Schwartz, provido de suíças inglesas, e todo o seu vulto magro, de fraque, expressavam como sempre uma solenidade elegante, e esta solenidade, tão contraditória com o gênio brincalhão de Schwartz, tinha ali um sabor peculiar. Foi o que pensou Piotr Ivânovitch. Tendo cedido caminho às senhoras, seguiu-as devagar, escada acima. Schwartz não desceu, parando no alto da escada. Piotr Ivânovitch compreendeu para quê o fazia: provavelmente, queria combinar uma partida de uíste para aquela noite. As senhoras foram ver a viúva, e Schwartz, os lábios robustos dobrados com seriedade, o olhar brincalhão, fez a Piotr Ivânovitch um sinal com as sobrancelhas, na direção da direita, do quarto do defunto. Piotr Ivânovitch entrara naquela casa sem saber, como sempre acontece, o que deveria fazer ali. Sabia uma coisa: que nesses casos nunca é demais fazer o sinal da cruz. Não tinha muita certeza se era necessário também inclinar-se, e, por isso, escolheu uma solução intermediária: entrando no quarto, começou a persignar-se e como que a inclinar-se um pouco. Ao mesmo tempo, examinava o quarto, na medida em que lhe permitiam os movimentos que fazia com a cabeça e os braços. Dois jovens, um dos quais ginasiano, provavelmente sobrinhos do falecido, saíam do quarto persignando-se. Uma velhinha estava parada, imóvel. E uma senhora com sobrancelhas estranhamente erguidas murmurava-lhe algo. Um sacristão de sobrecasaca, decidido, animado, lia alguma coisa alto, com uma expressão que excluía qualquer contestação; pisando com passos leves diante de Piotr Ivânovitch, o ajudante de copeiro Guerássim polvilhou o chão com algo. Vendo isto, Piotr Ivânovitch sentiu no mesmo instante um odor ligeiro do cadáver em decomposição. Por ocasião da sua última visita a Ivan Ilitch, ele vira aquele copeiro no escritório; exercia então a função de uma enfermeira e Ivan Ilitch gostava particularmente dele. Piotr Ivânovitch não cessava de fazer o sinal da cruz e inclinava-se ligeiramente, numa direção intermediária entre o caixão, o sacristão e os ícones colocados a um canto da mesa. Depois, quando esse movimento de se persignar lhe pareceu prolongado demais, interrompeu-o e pôs-se a examinar o defunto. O morto estava deitado como sempre ficam deitados os mortos, de maneira particularmente pesada, afogado no forro do caixão, os membros endurecidos, a cabeça dobrada para sempre, apoiada no travesseiro, e alteava, como sempre fazem os mortos, a fronte amarela, cérea, umedecida sobre as têmporas reentrantes, e o nariz saliente, que parecia pressionar o lábio superior. Mudara muito, emagrecera ainda mais desde a última vez em que Piotr Ivânovitch o vira, mas, como todos os defuntos, tinha o rosto mais belo e, sobretudo, mais significativo do que fora em vida. Esse rosto expressava que fora feito o que se devia fazer, e que se fizera corretamente. Ademais, nessa expressão, havia ainda uma censura ou uma lembrança aos vivos. A lembrança pareceu a Piotr Ivânovitch inconveniente, ou, pelo menos, não lhe dizer respeito. Teve uma sensação desagradável, por isto persignou-se mais uma vez rapidamente, em seguida virou-se e caminhou para a porta, segundo lhe pareceu com demasiada rapidez, que contrariava as regras da decência. Schwartz esperava-o no quarto de passagem, as pernas muito abertas e as mãos atrás, brincando com a cartola. Um simples olhar para a figura brincalhona, asseada e elegante de Schwartz conseguiu refrescar Piotr Ivânovitch. Compreendeu então que Schwartz estava acima daquilo e não se entregava às impressões acabrunhantes. O simples aspecto dele já dizia: o incidente das exéquias de Ivan Ilitch não pode de modo algum servir de pretexto suficiente para se considerar alterada a ordem da sessão, isto é, nada poderá impedi-lo de fazer estalar, naquela mesma noite, um baralho de cartas, ao desembrulhá-lo, enquanto um criado colocará quatro velas novas; e em geral, não havia motivo para se supor que aquele incidente pudesse impedi-los de passar agradavelmente também aquela noite. Chegou a dizê-lo num murmúrio a Piotr Ivânovitch, quando este passou por ele, e convidou-o a fazer parte do grupo que jogaria em casa de

Fiódor Vassílievitch. Mas, segundo parece, não era destino de Piotr Ivânovitch jogar uíste naquela noite. Prascóvia Fiódorovna, mulher baixa e gorda, apesar de todos os esforços em contrário, que se alargava dos ombros para baixo, toda de preto, a cabeça coberta de renda e as sobrancelhas estranhamente erguidas, como as da senhora parada em frente do caixão, saiu dos seus aposentos, acompanhada de outras senhoras, e, depois de acompanhá-las até a porta do defunto, disse:

— As exéquias serão agora; passem para lá.

Schwartz inclinou-se vagamente, parou, aparentemente sem aceitar nem recusar o convite. Tendo reconhecido Piotr Ivânovitch, Prascóvia Fiódorovna suspirou, chegou bem perto dele, segurou-lhe a mão e disse:

— Eu sei que o senhor foi um amigo de verdade de Ivan Ilitch... — e lançou-lhe um olhar, esperando dele uma ação correspondente àquelas palavras.

Piotr Ivânovitch sabia que, assim como antes fora necessário fazer o sinal da cruz, agora era preciso apertar aquela mão, suspirar e dizer: "Creia-me!". E foi o que fez. E, depois de fazê-lo, sentiu que obtivera o efeito desejado: ambos ficaram comovidos.

— Vamos, enquanto aquilo ainda não começou: preciso conversar com o senhor — disse a viúva. — Dê-me o braço.

Piotr Ivânovitch ofereceu o braço, e eles dirigiram-se para os compartimentos interiores, passando por Schwartz, que piscou tristemente o olho na direção de Piotr Ivânovitch. "Aí tem você o uíste! Não fique sentido, mas vamos convidar outro parceiro. E se você conseguir livrar-se, jogaremos em cinco" — dizia o seu olhar brincalhão.

Piotr Ivânovitch suspirou ainda mais profunda e tristemente, e Prascóvia Fiódorovna apertou-lhe agradecida a mão. Entrando na sua sala de visitas forrada de cretone cor-de-rosa e com um abajur sombrio, sentaram-se à mesa: ela no divã, e Piotr Ivânovitch sobre um pufe baixinho, de molas estragadas, e que se amoldava de modo incorreto quando ele se sentava. Prascóvia Fiódorovna quis avisá-lo que se sentasse numa cadeira, mas achou tal aviso não condizente com o seu estado e mudou de ideia. Sentando-se no pufe, Piotr Ivânovitch lembrou-se de quando Ivan Ilitch estava instalando esta sala de visitas e aconselhara-se com ele justamente sobre o cretone cor-de-rosa com folhas verdes. Dirigindo-se para o divã e ao passar junto à mesa (de modo geral, toda a sala de visitas estava cheia de móveis e bibelôs), a viúva teve a renda da sua mantilha preta enganchada nos entalhes da mesa. Piotr Ivânovitch soergueu-se, para desvencilhar a renda, e o pufe libertado debaixo dele começou a agitar-se e a empurrá-lo. A viúva pôs-se sozinha a ajeitar a sua renda, e Piotr Ivânovitch tornou a sentar-se, comprimindo debaixo de si o pufe em rebelião. Mas a viúva não conseguiu libertar a renda inteira, e Piotr Ivânovitch levantou-se mais uma vez, o pufe tornou a rebelar-se e até emitiu um estalido. Quando tudo isso terminou, ela tirou um lenço limpo de cambraia e chorou. Quanto a Piotr Ivânovitch, o episódio da renda e a luta com o pufe deram-lhe uma sensação de frio, e ele ficou sentado de sobrecenho franzido. Esta situação incômoda foi interrompida por Sokolóv, o copeiro de Ivan Ilitch, que viera comunicar: o lugar no cemitério indicado por Prascóvia Fiódorovna custaria duzentos rublos. Ela parou de chorar e, olhando para Piotr Ivânovitch com um ar de vítima, disse-lhe em francês que tinha um sentimento muito penoso. Piotr Ivânovitch fez em silêncio um gesto que expressava uma certeza inabalável de que isto não podia ser diferente.

— Fume, por favor — disse ela com voz generosa e ao mesmo tempo sofredora, e ocupou-se com Sokolóv do problema do custo do jazigo. Acendendo o cigarro, Piotr Ivânovitch ouviu que ela interrogou o criado muito minuciosamente sobre os diferentes preços de lotes no cemitério e determinou aquele que se devia escolher. Acabando de providenciar o lugar do jazigo, tomou providências sobre os cantores nas exéquias. Sokolóv saiu.

— Eu faço tudo sozinha — disse ela a Piotr Ivânovitch, afastando para um lado os álbuns que estavam sobre a mesa; e, percebendo que a cinza constituía uma ameaça à mesa, empurrou sem vacilar um cinzeiro para perto de Piotr Ivânovitch, dizendo: — Considero um fingimento dizer que, por causa do desgosto, não posso ocupar-me de assuntos práticos. Pelo contrário, se alguma coisa pode, não digo consolar-me... mas distrair-me, são as preocupações relacionadas com ele próprio. — Apanhou novamente o lenço, como que se preparando para chorar, e, de repente, como se fizesse um esforço sobre si mesma, sacudiu-se e passou a falar tranquilamente:

— Mas eu tenho um caso a tratar com o senhor.

Piotr Ivânovitch inclinou-se, e procurou evitar que se separassem as molas do pufe, o qual imediatamente se mexeu debaixo dele.

— Nos últimos dias, ele sofreu horrivelmente.

— Sofreu muito? — perguntou Piotr Ivânovitch.

— Ah, foi terrível! Nos últimos não digo minutos, mas horas, ele não parou de gritar. Gritou sem cessar três dias seguidos. Era intolerável. Não consigo compreender como suportei isto; ouvia-se tudo, atrás de três portas. Ah! o que tive de sofrer!

— Mas será que ele tinha consciência de tudo? — perguntou Piotr Ivânovitch.

— Sim — mumurou ela —, até o último instante. Despediu-se de nós um quarto de hora antes de morrer, e ainda pediu que levássemos dali Volódia.[2]

De repente, Piotr Ivânovitch horrorizou-se com a lembrança do sofrimento de um homem que ele conhecera tão intimamente, a princípio como um menino alegre, um escolar, depois como um parceiro adulto, no jogo, e horrorizou--se não obstante a consciência desagradável do fingimento

[2] Diminutivo de Vladímir. (N. do T.)

dele e dessa mulher. Tornou a ver aquela testa, o nariz que parecia comprimir o lábio, e ficou com medo por si mesmo. "Três dias de sofrimentos terríveis, depois a morte. Bem que isto pode acontecer comigo também, agora, a qualquer momento" — pensou, e assustou-se por um instante. Mas imediatamente, ele mesmo não sabia como, acudiu em seu auxílio a ideia costumeira de que aquilo sucedera a Ivan Ilitch e não a ele, e que não devia nem podia acontecer-lhe; que, pensando aquilo, ele se entregava a um estado sombrio de ânimo, o que não devia fazer, como se constatava pelo rosto de Schwartz. E, tendo feito essa reflexão, Piotr Ivânovitch acalmou-se e pôs-se a interrogar com interesse a viúva sobre pormenores do passamento de Ivan Ilitch, como se a morte fosse uma aventura inerente a Ivan Ilitch apenas, e de modo nenhum a ele também.

Depois de uma conversa sobre detalhes dos tormentos físicos realmente terríveis sofridos por Ivan Ilitch (Piotr Ivânovitch soube esses detalhes unicamente na medida em que os sofrimentos de Ivan Ilitch atuaram sobre os nervos de Prascóvia Fiódorovna), a viúva pelo visto achou necessário passar aos assuntos práticos.

— Ah, Piotr Ivânovitch, como é penoso, terrivelmente penoso — e tornou a chorar.

Piotr Ivânovitch suspirava, esperando que ela acabasse de se assoar. A seguir, ele disse:

— Creia-me... — e ela tornou-se novamente loquaz e disse o que constituía provavelmente o principal assunto que tinha a tratar com ele; este consistia em saber como obter dinheiro do Tesouro, em consequência da morte do marido. Ela fingiu pedir a Piotr Ivânovitch um conselho sobre a pensão a receber; mas ele via que a mulher já estava a par, até as menores minúcias, mesmo daquilo que ele não conhecia: ela sabia tudo o que era possível abocanhar no Tesouro, em virtude daquela morte, mas queria saber se não era possível de algum modo abocanhar ainda mais. Piotr Ivânovitch esforçou-se em inventar um meio de consegui-lo, mas tendo pensado um pouco e também, por decência, censurado o nosso governo pela sua avareza, disse que provavelmente não se podia obter mais nada. Então, ela suspirou e pareceu pensar num meio de livrar-se do seu visitante. Ele compreendeu-o, apagou o cigarrinho, ergueu-se, apertou-lhe a mão e dirigiu-se para a antessala.

Na sala de jantar com a pêndula, que Ivan Ilitch ficara tão contente de ter comprado numa loja de belchior, Piotr Ivânovitch encontrou o sacerdote e mais alguns conhecidos, que vieram para as exéquias, e viu uma jovem bonita que ele conhecia, filha de Ivan Ilitch. Estava toda de preto. A sua cintura muito fina parecia ter-se afinado ainda mais. Tinha um ar sombrio, decidido, quase irado. Cumprimentou Piotr Ivânovitch como se este fosse culpado de algo. Atrás da filha, estava um jovem rico, que ele conhecia também e que tinha o mesmo ar de pessoa ofendida: juiz de instrução e, segundo ouvira dizer, noivo da moça. Fez na direção de ambos uma saudação melancólica e quis passar para o quarto do defunto, quando surgiu sob a escada a figurinha do filho de Ivan Ilitch, um ginasiano tremendamente parecido com o pai. Era Ivan Ilitch quando pequeno, como Piotr Ivânovitch se lembrava dele na Faculdade de Direito. Tinha os olhos de choro e, ao mesmo tempo, tais como costumam ter os meninos não muito puros de treze a catorze anos. Vendo Piotr Ivânovitch, o menino começou a franzir, severo e envergonhado, o rosto. Piotr Ivânovitch fez um aceno de cabeça na sua direção e entrou no quarto do defunto. Começaram as exéquias: velas, gemidos, o incenso, lágrimas, soluços. Piotr Ivânovitch parou, o sobrecenho franzido, olhando os pés de quem estava na frente. Não lançou nenhum olhar ao defunto, não cedeu até o fim às influências enfraquecedoras e foi um dos primeiros a sair. Não havia ninguém na antessala. O ajudante de copeiro Guerássim saiu correndo do quarto do falecido, remexeu com as suas mãos robustas em todas as peliças, a fim de encontrar a de Piotr Ivânovitch, e estendeu-a a este.

— E então, Guerássim, irmão? — perguntou Piotr Ivânovitch, a fim de dizer algo. — Sente pena?
— É a vontade de Deus. Iremos todos para lá — disse Guerássim, arreganhando os dentes brancos, cerrados, de mujique, e, como uma pessoa em pleno trabalho intensivo, abriu rapidamente a porta, chamou um cocheiro, ajudou Piotr Ivânovitch a sentar-se e deu um pulo de volta, com o ar de quem estivesse pensando no que mais tinha a fazer.

Foi particularmente agradável para Piotr Ivânovitch respirar ar puro, depois do cheiro do incenso, do cadáver e do fenol.

— Para onde manda? — perguntou o cocheiro.
— Ainda não é tarde. Vou à casa de Fiódor Vassílievitch.

E Piotr Ivânovitch foi para lá. E realmente encontrou-os no fim do primeiro *rubber*,[3] de modo que não foi inconveniente a presença de um quinto parceiro.

II

A história pregressa da vida de Ivan Ilitch foi das mais simples e comuns e, ao mesmo tempo, das mais terríveis.

Morria aos quarenta e cinco anos, juiz do Foro Criminal. Era filho de um funcionário, que fizera em Petersburgo, em diferentes ministérios e departamentos, aquele tipo de carreira que leva as pessoas a uma situação da qual elas, por mais evidente que seja a sua incapacidade para qualquer função de efetiva importância, não podem ser expulsas, em virtude dos muitos anos de serviço e dos postos alcançados; por este motivo, recebem cargos inventados, fictícios, e uns não fictícios milhares de rublos, de seis a dez, com que vivem até a idade provecta.

---

[3] No uíste, melhor de três *games*. (N. do T.)

Tal era o conselheiro privado[4] Iliá Iefímovitch Golovin, funcionário inútil de diversas repartições desnecessárias. Teve três filhos. Ivan Ilitch era o segundo. O primogênito fazia carreira idêntica à do pai, apenas em outro ministério, e já estava chegando à idade funcional em que se atinge esta inércia dos vencimentos. O terceiro filho era um fracassado. Prejudicara-se em diferentes repartições, e agora estava servindo na administração das estradas de ferro: tanto o seu pai como os irmãos, e particularmente as mulheres destes, não gostavam de se encontrar com ele e até não se lembravam, sem uma necessidade extrema, da sua existência. A irmã estava casada com o barão de Graff, um funcionário de Petersburgo idêntico ao seu sogro. Ivan Ilitch era *le phenix de la famille*,[5] como se dizia. Não era frio e meticuloso como o mais velho, nem temerário como o caçula. Constituía o termo médio entre eles: uma pessoa inteligente, viva, agradável e decente. Cursou a Faculdade de Direito junto com o irmão mais moço. Este foi expulso do quinto ano e não terminou o curso, enquanto Ivan Ilitch brilhava nos estudos, recebendo depois o diploma. Na Faculdade, ele já era aquilo que seria no decorrer de toda a existência: um homem capaz, alegre, bonachão, comunicativo, mas um severo cumpridor daquilo que considerava seu dever; e considerava como seu dever tudo aquilo que consideravam como tal as pessoas mais altamente colocadas. Não era um adulador quer quando menino, quer já homem feito, mas, desde a idade mais tenra, era atraído, como o inseto pela luz, pelas pessoas altamente colocadas na sociedade, assimilava as suas maneiras, a sua visão da vida, e estabelecia relações amistosas com elas. Passou por todos os arrebatamentos da infância e juventude, sem que estes lhe dei-

---

[4] Um dos cargos da hierarquia burocrática, no regime tsarista. (N. do T.)

[5] Em francês: a fênix (isto é, o orgulho, o tesouro) da família. (N. do T.)

xassem grandes vestígios; entregou-se tanto à sensualidade como à vaidade e, finalmente, nos últimos anos do curso, ao liberalismo, mas tudo dentro de determinados limites, que lhe eram indicados com precisão pelo seu sentimento.

Cometeu na Faculdade algumas ações que, antes, pareciam-lhe grande ignomínia e que suscitaram nele asco por si mesmo, no momento em que as cometia; mas, percebendo ulteriormente que essas ações eram cometidas também pelas pessoas altamente colocadas e não eram consideradas por elas como ações más, não é que ele as tivesse considerado boas, mas esqueceu-as de todo e não se entristecia um pouco sequer ao lembrá-las.

Tendo concluído o curso de Direito na décima classe e recebido de seu pai dinheiro para o uniforme,[6] Ivan Ilitch encomendou um terno com Charmer, pendurou no berloque uma medalhinha com a inscrição: *Respice finem*,[7] despediu-se do príncipe e educador, jantou com os colegas no restaurante Donon, e, provido de mala, roupas de cima e de baixo, petrechos de barba e de *toilette* e manta de lã, encomendados e comprados nas melhores lojas, tudo de acordo com a última moda, viajou para a província, a fim de ocupar o cargo de funcionário adido ao governador, para o desempenho de encargos especiais, e que lhe fora arranjado pelo pai.

Na província, Ivan Ilitch imediatamente arrumou para si uma situação tão fácil e agradável como a que tivera na Faculdade. Prestava serviços, fazia carreira e, ao mesmo tempo, divertia-se agradável e decentemente; de raro em raro, era encarregado de ir aos distritos, comportava-se com dignidade quer com os superiores, quer com os inferiores, e, com exatidão e uma honestidade incorruptível, da qual não podia

---

[6] Na Rússia tsarista, os funcionários públicos usavam uniforme. (N. do T.)

[7] Em latim: considera o fim. (N. do T.)

deixar de se orgulhar, desempenhava os encargos recebidos, na maioria relacionados com as seitas dissidentes.[8]

Em tudo o que se relacionava com as suas funções, ele era, não obstante a sua mocidade e a tendência para uma alegria leve, extremamente controlado, oficial e até severo; mas, em sociedade, era frequentemente brincalhão e espirituoso e sempre bonachão, decente e *bon enfant*,[9] como diziam dele o seu chefe e a esposa deste, junto aos quais ele era pessoa de casa.

Teve na província uma ligação com uma das senhoras locais, que se agarrou ao elegante jurista; houve também certa modista; e houve bebedeiras com oficiais da guarda pessoal do tsar, de passagem pela cidade, e idas a uma rua distante, após a ceia; havia a bajulação ao chefe e mesmo à esposa deste, mas tudo isto vinha impregnado de um tão elevado tom de boas maneiras que não podia ser definido com palavras más — tudo isto enquadrava-se apenas sob a rubrica do adágio francês: *il faut que jeunesse se passe*.[10] Tudo ocorria de mãos limpas, de camisa limpa, com palavras francesas, e, sobretudo, na mais alta sociedade, por conseguinte com a aprovação das pessoas altamente colocadas.

Assim Ivan Ilitch serviu durante cinco anos, quando teve lugar uma alteração no serviço. Surgiram novas instituições judiciárias; precisou-se de gente nova.

E Ivan Ilitch tornou-se uma destas pessoas novas.

Foi-lhe oferecido o cargo de juiz de instrução, e aceitou-o, embora o cargo fosse em outra província, e ele precisasse deixar as relações estabelecidas e criar novas. Os amigos fizeram a Ivan Ilitch uma despedida, presentearam-no com uma cigarreira de prata, e ele foi ocupar o seu novo cargo.

---

[8] No regime tsarista, o governo movia perseguição às seitas consideradas heréticas em relação à Igreja Ortodoxa oficial. (N. do T.)

[9] Em francês: bom menino. (N. do T.)

[10] Aproximadamente: deve-se perdoar as faltas que os jovens cometem por inexperiência. (N. do T.)

No desempenho da função de juiz, Ivan Ilitch era igualmente *comme il faut*,[11] decente, capaz de separar as obrigações funcionais e a vida particular, uma pessoa que inspirava consideração geral, como o fizera igualmente quando funcionário para encargos especiais. Quanto ao cargo de juiz, era para Ivan Ilitch muito mais interessante e atraente que o anterior. Neste, era-lhe agradável passar com desenvoltura, em seu uniforme talhado por Charmer, junto aos solicitantes trêmulos que esperavam ser recebidos e aos outros funcionários, que o invejavam, diretamente para o gabinete do chefe, e sentar-se com ele, a fim de tomar chá, fumando; no entanto, eram poucas ali as pessoas que dependiam diretamente do seu arbítrio. Tais pessoas eram os *isprávniks*[12] e os dissidentes religiosos, quando ele era enviado para cumprir algum encargo; e ele gostava de tratar com respeito, quase com companheirismo, gente dessa espécie, dele dependente, gostava de fazer sentir que ele, capaz de esmagar, tratava-os com simplicidade, amistosamente. Sim, essas pessoas eram então pouco numerosas. Mas agora, na qualidade de juiz de instrução, Ivan Ilitch sentia que todos, todos sem exceção, mesmo as pessoas mais importantes e convencidas, estavam nas suas mãos, e que lhe bastava escrever determinadas palavras sobre o papel timbrado, e aquele homem importante, autossuficiente, seria conduzido à sua presença na qualidade de acusado ou de testemunha, e, se ele não quisesse convidá-lo a sentar-se, o outro ficaria em pé na sua frente e responderia às perguntas. Ivan Ilitch jamais abusou desta sua autoridade e, pelo contrário, procurava atenuar a sua manifestação; mas a consciência dessa autoridade e a possibilidade de atenuá-la constituíam para ele o interesse principal e a atração do seu novo encargo. Quanto ao serviço propriamente dito, isto é,

---

[11] Em francês: como é preciso. (N. do T.)
[12] Na Rússia tsarista, os chefes de polícia de distrito. (N. do T.)

aos processos de instrução, Ivan Ilitch assimilou muito depressa os meios de afastar de si todas as circunstâncias estranhas, bem como os de enquadrar mesmo os casos mais complicados numa forma graças à qual se apresentassem no papel apenas externamente, excluído de todo o ponto de vista pessoal de Ivan Ilitch e, sobretudo, se cumprissem todas as formalidades exigidas. Tratava-se de uma ocupação nova. E ele foi um dos primeiros homens que elaboraram na prática a aplicação dos decretos de 1864.[13]

Mudando para a nova cidade, onde iria exercer o cargo de juiz de instrução, Ivan Ilitch fez novas relações, portou-se de maneira diversa e assumiu um tom algo diferente. Ficou a certa distância digna das autoridades provinciais, escolheu um círculo melhor de relações, entre os nobres ricos ou com cargos judiciários, que habitavam a cidade, e passou a expressar-se num tom de ligeiro descontentamento com o governo, de um liberalismo atenuado e de um civismo culto. Ao mesmo tempo, sem alterar em nada a elegância do traje, parou de barbear-se no queixo, deixando a barba crescer à vontade.

Na nova cidade, a vida de Ivan Ilitch também se arranjou muito agradavelmente: a sociedade que se erguia em fronda contra o governador era boa e unida; o ordenado aumentara, e o uíste trouxe então à sua vida não poucos prazeres, pois Ivan Ilitch possuía o dom de jogar cartas com alegria, raciocinando depressa e com muita finura, de modo que sempre ganhava.

Depois de dois anos de serviço na nova cidade, conheceu ali a futura esposa. Prascóvia Fiódorovna Michel era a moça mais atraente, brilhante e inteligente do círculo de relações de Ivan Ilitch. Entre os divertimentos e folgas dos seus

---

[13] Entre as medidas liberais do reinado de Alexandre II, figurou a reforma de 1864, que instaurou diversas formas de autogoverno limitado no interior do país, inclusive órgãos judiciários locais. (N. do T.)

trabalhos de juiz de instrução, ele incluiu as relações leves, de brincadeira, com Prascóvia Fiódorovna.

Quando funcionário destacado para encargos especiais, Ivan Ilitch geralmente dançava; mas, juiz de instrução, ele já dançava apenas excepcionalmente. Quando o fazia, era para mostrar que, embora estivesse servindo nas novas instituições e fosse funcionário de quinta classe, sabia dançar melhor que os demais. Por isto, de raro em raro, no final de uma reunião social, dançava com Prascóvia Fiódorovna, e foi principalmente no decorrer dessas danças que ele a cativou. Prascóvia Fiódorovna apaixonou-se por ele. Ivan Ilitch não possuía uma intenção clara, determinada, de se casar, mas, quando a moça apaixonou-se, ele formulou para si mesmo a pergunta: "Por que, realmente, não casar?".

Prascóvia Fiódorovna era de boa família nobre e nada feia; e havia ainda uma pecuniazinha. Ele podia contar com um partido mais brilhante, mas também este não era mau. Ivan Ilitch tinha o seu ordenado, e ela, segundo esperava o noivo, teria outro tanto. A parentela era boa, e ela, uma mulher simpática, bonitinha, direita. Dizer que Ivan Ilitch casou-se porque se apaixonara pela noiva e encontrara nela compreensão para as suas concepções sobre a existência seria tão injusto como afirmar que se casou porque as pessoas das suas relações aprovaram aquele partido. Ivan Ilitch casou-se de acordo com os seus próprios cálculos: conseguindo tal esposa, fazia o que era do seu próprio agrado e, ao mesmo tempo, executava aquilo que as pessoas mais altamente colocadas consideravam correto.

E Ivan Ilitch casou-se.

O processo do matrimônio como tal e os primeiros tempos de vida em comum, com os carinhos conjugais, a mobília nova, a prataria nova, as roupas de baixo novas, decorreu muito bem até a gravidez da mulher, de modo que Ivan Ilitch já começava a pensar que o casamento não só não infringiria o caráter de vida leve, agradável, alegre e sempre decente e aprovada pela sociedade, que ele considerava inerente à existência em geral, mas ainda o reforçaria. No entanto, a partir dos primeiros meses de gravidez da mulher, surgiu algo novo, inesperado, desagradável, penoso e inconveniente, que não se podia esperar e de que não havia nenhum meio de se livrar. A mulher, sem qualquer motivo, conforme pareceu a Ivan Ilitch, *de gaité de coeur*,[14] como ele dizia a si mesmo, começou a infringir o encanto e a decência da vida: sem nenhuma causa para tanto, tinha ciúme dele, exigia que lhe fizesse a corte, implicava com tudo e fazia-lhe cenas grosseiras e desagradáveis.

A princípio, Ivan Ilitch esperou livrar-se dessa situação desagradável com aquele mesmo tipo de relação com a vida, leve e de bom-tom, que já o salvara mais de uma vez: tentou ignorar o estado de ânimo da mulher, continuou a viver leve e agradavelmente como antes, convidava amigos para jogar em sua casa, procurava ele mesmo ir ao clube ou à casa de amigos. Mas, de uma feita, a mulher começou com tamanha energia a xingá-lo com palavras rudes, e continuou a xingá-lo com tanto afinco toda vez que ele não cumpria as suas exigências, ao que parece firmemente decidida a não cessar de fazê-lo até que ele se submetesse, isto é, permanecesse em casa e se angustiasse com ela, que Ivan Ilitch ficou horrorizado. Compreendeu então que o convívio conjugal, pelo menos com a esposa que tinha, nem sempre contribui para o encanto e a decência da vida, mas, pelo contrário, frequentemente os infringe, e que por isso era indispensável proteger-se contra essas infrações. E Ivan Ilitch pôs-se a procurar meios para isto. O serviço infundia respeito a Prascóvia Fiódorovna, e Ivan Ilitch começou a lutar com a mulher por meio do serviço e das obrigações dele decorrentes, estabelecendo assim barreiras em torno do seu mundo independente.

[14] Em francês, aproximadamente: por capricho. (N. do T.)

Com o nascimento da criança, com as tentativas de amamentá-la e diferentes malogros nisso, com as doenças reais e imaginárias do bebê e da mãe, em que se exigia a participação de Ivan Ilitch, mas que ele não conseguia compreender, tornou-se ainda mais premente para Ivan Ilitch a necessidade de cercar para si um mundo fora da família.

Na medida em que sua mulher se tornava mais irritadiça e exigente, ele transferia cada vez mais para o serviço o centro de gravidade da sua vida. Passou a gostar mais do serviço e tornou-se mais ambicioso.

Muito em breve, não mais de um ano após o matrimônio, Ivan Ilitch compreendeu que o convívio conjugal, embora apresente algumas comodidades para a vida, é na realidade algo muito complexo e difícil, com respeito ao qual, se se deseja cumprir o dever, isto é, levar uma vida decente, aprovada pela sociedade, é preciso elaborar um tipo determinado de relação, tal como no serviço.

E Ivan Ilitch elaborou para si uma tal relação com a vida a dois. Ele exigia da vida de família somente as comodidades do jantar, da dona de casa, do leito, comodidades essas que tal vida podia proporcionar-lhe, e sobretudo aquela decência das formalidades exteriores determinada pela opinião pública. E, quanto ao mais, buscava encanto e alegria e, encontrando-os, ficava muito grato; se, pelo contrário, defrontava-se com resistência e resmungos, transferia-se imediatamente para o seu mundo isolado, que cercara de uma barreira, o mundo da sua vida funcional, e nele encontrava encanto.

Ivan Ilitch era apreciado como bom funcionário, e, passados três anos, tornou-se suplente de promotor. As novas obrigações, a importância destas, a possibilidade de processar e fazer encarcerar qualquer um, o caráter público dos seus discursos, o êxito que tinha, tudo isto atraía-o ainda mais para a sua vida funcional.

Vieram filhos. Sua mulher ficava cada dia mais resmungona e zangada, mas as relações com a vida doméstica elaboradas por Ivan Ilitch tornavam-no quase impenetrável aos resmungos dela.

Depois de sete anos de serviço na mesma cidade, Ivan Ilitch foi transferido para um cargo de promotor em outra província. Eles mudaram-se, o dinheiro era escasso e o lugar onde se instalaram não agradou a Prascóvia Fiódorovna. O ordenado era maior, mas a vida mais cara; morreram dois filhos e, por isto, a vida de família fez-se ainda mais desagradável para Ivan Ilitch.

A esposa censurava-o por todos os percalços ocorridos neste novo local de residência. A maioria dos assuntos de conversa entre marido e mulher, sobretudo a educação dos filhos, levava a questões sobre as quais havia lembrança de dissensões, e a cada momento podiam deflagrar-se brigas. Sobravam apenas uns raros períodos de paixão, que às vezes assaltavam os esposos, mas que duravam pouco. Eram ilhotas, às quais eles atracavam por algum tempo, mas depois novamente se lançavam ao mar da hostilidade oculta, que se manifestava no afastamento entre eles. Esse afastamento poderia magoar Ivan Ilitch, se ele não julgasse que tudo devia ser realmente assim, mas ele já considerava esta situação não só normal como também o objetivo da sua atuação na família. O seu objetivo consistia em livrar-se cada vez mais dessas contrariedades e dar-lhes um caráter de inocuidade e decência; e alcançava-o passando cada vez menos tempo com a família, e, quando não conseguia evitá-lo, procurava garantir a sua situação com a presença de pessoas estranhas. Mas o principal era o fato de existir a sua vida de funcionário. Todo o interesse da existência concentrou-se para ele no mundo judiciário. E este interesse absorvia-o. A consciência do seu poderio, da possibilidade de aniquilar qualquer pessoa, a imponência, mesmo exterior, ao entrar no tribunal e nas entrevistas com os subalternos, o seu êxito diante dos superiores e dos que lhe eram subordinados e, sobretudo, a sua mestria em conduzir os casos criminais, que ele sentia, tudo isto alegrava-o e enchia-lhe a existência, a par das conversas com os amigos, os jantares e o uíste. De modo que, em geral, a vida de Ivan Ilitch continuava a desenvolver-se do modo que ele julgava adequado: agradável e decentemente. Assim viveu ele mais sete anos. A sua filha mais velha já estava com dezesseis, morrera-lhe mais um filho e ficara ainda um menino, ginasiano, objeto de discórdia. Ivan Ilitch quisera fazê-lo estudar Direito, mas Prascóvia Fiódorovna, por pirraça, matriculara-o no ginásio. A filha estudava em casa e desenvolvia-se bem, o menino também não estudava mal.

III

Assim viveu Ivan Ilitch dezessete anos de casado. Ele já era um promotor experiente, que recusara algumas transferências, na expectativa de um lugar mais interessante, quando ocorreu inesperadamente uma circunstância desagradável, que alterou completamente a tranquilidade da sua vida. Ivan Ilitch esperava receber o cargo de juiz presidente numa cidade universitária, mas Hoppe conseguiu passar-lhe à frente e ocupar esse cargo. Ivan Ilitch irritou-se, começou a censurá-lo e brigou com ele e com os chefes imediatos; passou a ser tratado com frieza e, por ocasião das designações seguintes, foi novamente prejudicado.

Isto ocorreu em 1880. Esse ano foi o mais penoso na vida de Ivan Ilitch. Ficou claro então, por um lado, que o ordenado era insuficiente para viver; por outro, que todos o esqueceram, e aquilo que lhe parecia a maior, a mais cruel injustiça contra ele, aparecia aos demais como um caso absolutamente comum. O próprio pai não se julgava obrigado a ajudá-lo. Sentiu que todos o abandonaram, considerando a sua situação, com três mil e quinhentos rublos de ordenado, como a mais normal e, mesmo, feliz. Ele era o único a saber que, com a consciência das injustiças que sofrera, com as eternas amofinações da mulher, com as dívidas que passara a contrair, vivendo acima dos seus meios, a sua situação estava longe de ser normal.

No verão daquele ano, para aliviar as despesas, ele pediu uma licença e foi com a mulher passar o verão no campo, em casa do irmão dela.

No campo, sem as obrigações do serviço, Ivan Ilitch sentiu pela primeira vez não apenas tédio, mas uma angústia intolerável, e decidiu que não se podia viver assim, que era indispensável tomar algumas medidas decisivas.

Depois de uma noite de insônia, que Ivan Ilitch passou toda caminhando pelo terraço, decidiu viajar para Petersburgo, a fim de tomar certas providências e, para castigá-los, isto é, àqueles que não souberam apreciá-lo, passar a um outro ministério.

No dia seguinte, não obstante todos os argumentos em contrário da sua mulher e do cunhado, viajou realmente para Petersburgo.

A viagem tinha o seguinte objetivo: pedir um cargo com ordenado de cinco mil. Agora, não fazia já questão de um ministério determinado, uma direção ou setor de atividade. Precisava simplesmente de um emprego, um emprego com ordenado de cinco mil, fosse numa administração qualquer, num banco, num escritório ferroviário, nas instituições da imperatriz Maria, mesmo na Alfândega, mas sem falta com cinco mil rublos e, sem falta, com abandono do seu cargo no ministério, onde não souberam apreciá-lo.

Pois bem, essa viagem de Ivan Ilitch foi coroada de um êxito surpreendente, inesperado. Em Kursk, subiu para a primeira classe o seu conhecido F. S. Ilin, que lhe comunicou um telegrama recente, recebido ali pelo governador, e segundo o qual estava para ocorrer uma revolução no ministério: Ivan Siemiônovitch seria nomeado para o cargo de Piotr Ivânovitch.

A esperada revolução, além da sua importância para a Rússia, tinha uma significação especial para Ivan Ilitch, porquanto, dando uma posição de destaque a uma nova personalidade, isto é, a Piotr Pietróvitch e, provavelmente, ao amigo dele, Zakhar Ivânovitch, favorecia no mais alto grau Ivan Ilitch, pois este era seu amigo e companheiro.

A notícia foi confirmada em Moscou. E, chegando a Petersburgo, Ivan Ilitch encontrou Zakhar Ivânovitch e recebeu a promessa de um bom emprego no próprio Ministério da Justiça.

Uma semana depois, ele telegrafou à mulher:
"Zakhar lugar Miller primeiro despacho receberei transferência".

Graças a esta alteração em determinados postos, Ivan Ilitch recebeu inesperadamente, no ministério em que servia, uma designação pela qual ficou duas classes acima dos seus colegas, com cinco mil rublos de ordenado e uma ajuda de custas de três mil e quinhentos. Completamente feliz, Ivan Ilitch esqueceu toda a mágoa contra os seus inimigos anteriores e contra todo o ministério.

Regressou à aldeia alegre, satisfeito, como não estivera havia muito tempo. Prascóvia Fiódorovna alegrou-se também, e uma trégua foi concluída entre eles. Ivan Ilitch contou-lhe como lhe fizeram festa em Petersburgo, como todos aqueles que tinham sido seus inimigos estavam humilhados e adulavam-no agora, como lhe invejavam a posição e sobretudo contou-lhe como todos gostavam dele na capital.

Prascóvia Fiódorovna ouvia isto, fingia acreditar e não o contradizia em nada, mas somente fazia planos para os novos arranjos da vida, na cidade para a qual iam mudar-se. E Ivan Ilitch via com alegria que esses planos eram os seus planos, que eles estavam se reunindo e que novamente a vida dele, que sofrera um lapso, adquiria um caráter autêntico, que lhe era peculiar, de alegria, encanto e decência.

Ivan Ilitch fora passar ali pouco tempo. Devia tomar

posse em 10 de setembro e, além disso, precisava de algum tempo para se instalar na nova cidade, transportar tudo do interior e comprar e encomendar muitas outras coisas; numa palavra, instalar-se da maneira como tinha decidido em sua mente, e quase exatamente como ficara decidido no imo de Prascóvia Fiódorovna.

E agora, quando tudo se arranjara tão favoravelmente e quando ele concordava com a mulher quanto aos objetivos, embora tivessem passado pouco tempo em comum, uniram-se tão intimamente como não lhes acontecia desde os primeiros anos de vida conjugal. Ivan Ilitch pensou em levar imediatamente a família consigo, mas por insistência de sua irmã e do cunhado, que de repente se tornaram particularmente amáveis e íntimos com Ivan Ilitch e sua família, ele acabou viajando sozinho.

Depois que partiu, a alegre disposição de ânimo, suscitada pelo êxito e pela concórdia com a esposa, uma dessas circunstâncias fortalecendo a outra, não o deixou o tempo todo. Encontrou um lindo apartamento, aquilo mesmo com que marido e mulher sonhavam. As salas de recepção espaçosas, altas, de estilo antigo, o escritório confortável e grandioso, os quartos da mulher e da filha, o de estudos para o filho, tudo isto parecia ter sido inventado para eles especialmente. Ivan Ilitch ocupou-se pessoalmente da instalação, escolheu o papel de parede, comprou mobília que faltava, geralmente de segunda mão, mas que ele enquadrava num estilo peculiarmente *comme il faut*, forro para móveis, e tudo crescia, crescia e atingia aquele ideal que ele formara para si. Quando a instalação ia em meio, já superava a sua expectativa. Compreendeu o caráter *comme il faut*, elegante, nada vulgar, que tudo assumiria depois de pronto. Antes de adormecer, imaginava como seria o salão. Olhando para a sala de visitas, ainda inacabada, ele via já a lareira, o guarda-fogo, a estante, cadeirinhas espalhadas aqui e ali, pratos e travessas pregadas nas paredes, bronzes. Alegrava-se com o pensamento de como surpreenderia Pacha e Lísanka,[15] que também tinham gosto por essas coisas. Elas não esperavam de modo algum que conseguisse aquilo. Pôde sobretudo encontrar e comprar barato certos objetos antigos, que imprimiam a tudo um caráter particularmente nobre. Nas cartas, ele de propósito fazia tudo aparecer pior que na realidade, a fim de estarrecê-los. Tudo isto despertava-lhe tamanho interesse que mesmo o novo emprego distraía-o menos do que ele esperava, não obstante a sua afeição por esse tipo de trabalho. Durante as sessões, sobrevinham-lhe momentos de distração: ficava pensativo, conjeturando sobre o tipo de cornija mais conveniente para as cortinas — reta ou com saliências. Ficava tão absorvido com isto que, frequentemente, atarefava-se pessoalmente, mudava até a posição da mobília e pendurava as cortinas. De uma feita, subiu numa escadinha, a fim de mostrar ao forrador de paredes, que não o estava compreendendo, como ele queria o serviço, tropeçou e caiu, mas, sendo forte e ágil, conseguiu segurar-se e chocou-se apenas de lado com o ressalto de uma moldura. O machucado lhe doeu, mas a dor passou logo. Durante todo esse tempo, Ivan Ilitch sentia-se particularmente alegre e com saúde. Escrevia: sinto que uns quinze anos me pularam da cacunda. Pensava acabar a arrumação da casa em setembro, mas o trabalho arrastou-se até meados de outubro. Em compensação, tudo ficara lindo: não só ele o dizia, mas diziam-lhe isso todos os que viam o apartamento.

Na realidade, havia ali o mesmo que há em casa de todas as pessoas não muito ricas, mas que desejam parecê-lo e por isto apenas se parecem entre si: damascos, pau-preto, flores, tapetes e bronzes, matizes escuros e brilhantes; enfim, aquilo que todas as pessoas de determinado tipo fazem para se parecer com todas as pessoas de determinado tipo. E em casa dele, a semelhança era tamanha que não se chegava mesmo a percebê-lo; mas tudo isto parecia-lhe algo peculiar. Quan-

---

[15] Diminutivos de Prascóvia e Ielisavieta, respectivamente. (N. do T.)

do ele encontrou os seus na estação ferroviária, trazendo-os para o apartamento já pronto e iluminado, quando um lacaio de gravata branca abriu a porta para a antessala, enfeitada de flores, e eles entraram na sala de visitas, no escritório, e ficaram soltando exclamações de prazer, ele se sentiu muito feliz, mostrou-lhes todo o apartamento, embebendo-se dos elogios deles e resplandecendo de prazer. Na mesma noite, quando estavam tomando chá, Prascóvia Fiódorovna perguntou-lhe, entre outras coisas, como sucedera aquela queda; ele riu e representou como se despencara e assustara o forrador de paredes.

— Não é à toa que pratico a ginástica. Um outro estaria morto, mas eu só me machuquei um pouco aqui; quando se toca, dói, mas já está passando; só ficou uma simples equimose.

Eles instalaram-se no apartamento novo, no qual, como sempre, depois que estavam bem enraizados, fazia falta apenas um quarto, e viveram com novos recursos, aos quais, como sempre, faltava apenas um pouco, uns quinhentos rublos, e as coisas iam muito bem. As coisas iam particularmente bem nos primeiros tempos, quando nem tudo estava pronto e era preciso providenciar mais instalações: ora comprar algo, ora encomendar, ora mudar de posição, ora pôr em ordem. Ainda que surgissem algumas desavenças entre marido e mulher, ambos estavam tão contentes, e havia tanto a fazer, que elas terminavam sem grandes brigas. Quando não havia mais nada a arrumar, tudo ficou um tanto cacete e sentiu-se falta de algo, mas então já se fizeram algumas relações, estabeleceram-se hábitos, e a vida se encheu.

Depois de passar a manhã no tribunal, Ivan Ilitch voltava para almoçar e, nos primeiros tempos, ficava de bom humor embora este sofresse um pouco, justamente em consequência do apartamento. (Irritavam-no cada mancha sobre a toalha, sobre um damasco, cada cordão de cortina roto: a instalação custara-lhe tanto trabalho que lhe doía qualquer estrago). Mas, de modo geral, a vida de Ivan Ilitch correu da maneira pela qual, segundo a sua concepção, devia correr: leve, agradável e decentemente. Erguia-se às nove, tomava café, lia o jornal, depois vestia o uniforme e ia para o tribunal. Ali já estava pronta a canga sob a qual trabalhava; num instante, atrelava-se a ela. As partes, as informações na chancelaria, a própria chancelaria, as sessões, tanto as públicas como as deliberativas. Em tudo isto, devia-se saber excluir toda aquela parte úmida da vida cotidiana, que sempre estorva o desenrolar correto dos casos administrativos: não se deve permitir nenhum tipo de relação com as pessoas, além das relações de serviço, o pretexto para elas deve ser também de serviço, e as próprias relações, exclusivamente funcionais. Por exemplo, vem uma pessoa e deseja saber algo. Não exercendo um cargo burocrático, Ivan Ilitch nem pode manter qualquer espécie de relação com essa pessoa; mas se ela tem algo a tratar com um juiz, algo que pode ser expresso em papel timbrado, Ivan Ilitch faz, no limite dessas relações, tudo, decididamente tudo o que é possível, respeitando ao mesmo tempo uma aparência de relações humanas e amistosas, isto é, mantendo-se no plano da polidez. Mas apenas terminam as relações de serviço, acaba também tudo o mais. Ivan Ilitch possuía no mais alto grau esta capacidade de isolar o lado funcional, não o confundindo com a sua vida verdadeira, e, graças a uma prática prolongada e a talento, cultivou essa capacidade a tal ponto que até, como um virtuose, permitia-se às vezes como que misturar, brincando, as relações humanas e funcionais. Permitia-se isto porque sentia em si forças suficientes, sempre que lhe era necessário destacar apenas o funcional e repelir o humano. Esta operação desenvolvia-se para Ivan Ilitch não só leve, agradável e decentemente, mas até com virtuosismo. Nos intervalos, fumava, tomava chá, conversava um pouco sobre política, um pouco sobre assuntos gerais, um pouco sobre cartas e, mais que tudo, sobre transferências de funcionários. E voltava para casa cansado, mas com o sentimento do virtuose que executou primorosamente a sua parte, por exemplo a de um dos primeiros violinos numa orquestra. Em casa, a filha e a mãe iam a alguma parte ou alguém as visitava; o filho estava no ginásio, preparava os deveres com a ajuda de repetidores e estudava com exatidão aquilo que se ensinava nos ginásios. Tudo estava bem. Depois do jantar, se ninguém os visitava, Ivan Ilitch lia às vezes algum livro muito falado, e de noite sentava-se para estudar os seus casos, isto é, lia papéis, lidava com leis: confrontava depoimentos e enquadrava-os nas leis. Isto não era para ele cacete nem divertido. A ocupação era cacete nas ocasiões em que se podia jogar uíste; mas, se havia uíste, sempre era melhor que ficar sentado sozinho, à toa, ou com a mulher. Quanto aos prazeres de Ivan Ilitch, consistiam nos pequenos jantares, para os quais ele convidava senhoras e cavalheiros de elevada posição social, e essa maneira de passar o tempo com eles assemelhava-se à maneira habitual pela qual estes o passavam, de tal modo como a sua sala de visitas assemelhava-se a todas as salas de visitas.

Certa vez, houve até em casa deles uma recepção com danças. Ivan Ilitch sentia-se alegre, e tudo estava bem, somente aconteceu uma grande briga com a mulher, por causa de tortas e bombons. Prascóvia Fiódorovna tinha o seu plano, e Ivan Ilitch insistiu em que se encomendasse tudo numa confeitaria cara, e comprou ali muitas tortas: ocorreu a briga porque sobrou uma parte, e o confeiteiro apresentou uma conta de quarenta e cinco rublos. A briga foi grande e desagradável, e Prascóvia Fiódorovna disse-lhe: "Imbecil, pamonha". Ele pôs as mãos à cabeça e, fora de si, aludiu ao divórcio. Mas a própria recepção passara-se alegremente. Estiveram nela pessoas da melhor sociedade, e Ivan Ilitch dançara com a condessa Trufônova, irmã daquela que é conhecida como fundadora da sociedade "Afasta a minha aflição". As alegrias no serviço eram alegrias do amor-próprio; as alegrias em sociedade eram alegrias da vaidade; mas as verdadeiras alegrias de Ivan Ilitch eram as do uíste. Ele confessava que, depois de tudo, depois de quaisquer ocorrências infaustas de sua vida, a alegria que ardia como uma vela ante todas as demais era sentar-se ao uíste com bons parceiros, avessos ao estardalhaço, sem falta em quatro (em cinco, era muito penoso quando chegava a nossa vez de ficar de fora, embora se fingisse ter com isto muito prazer), e levar avante um jogo inteligente, sério (quando as cartas ajudam), depois jantar e tomar um copo de vinho. Ivan Ilitch ia dormir particularmente bem-humorado depois do uíste, sobretudo quando tinha a seu favor um ganho modesto (se este era grande, tinha uma sensação desagradável).

E assim viveram. O círculo social que formaram era o melhor possível, visitava-os gente importante e também jovens.

O marido, a mulher e a filha concordavam plenamente no ponto de vista sobre o seu círculo de relações, e, sem combinar nada entre si, enxotavam de maneira idêntica e livravam-se de toda espécie de amigos e parentes, uns pés-rapados, que acorriam com afagos à sala de visitas, ornada de pratos japoneses nas paredes. Em breve, estes amigos pés-rapados deixaram de acorrer para ali, e os Golovin ficaram somente com a melhor sociedade. Os jovens faziam a corte a Lísanka, e Pietrischóv, filho de Dmitri Ivânovitch Pietrischóv, herdeiro único e juiz de instrução, começou também a cortejá-la, de modo que Ivan Ilitch já falava com Prascóvia Fiódorovna sobre a possível conveniência de se organizar um passeio de troica, em que eles pudessem ficar juntos, ou um espetáculo com o mesmo objetivo. Assim eles viviam. Tudo corria assim, sem alteração, e tudo estava muito bem.

IV

Gozavam todos de boa saúde. Não se podia chamar de doença o fato de Ivan Ilitch dizer às vezes que tinha um gosto esquisito na boca e certa sensação desagradável no lado esquerdo do estômago.

Mas aconteceu que esta sensação desagradável começou a aumentar e a transformar-se não ainda em dor, mas na consciência de um peso permanente do lado e em mau humor. Este mau humor, que crescia continuamente, começou a estragar o caráter da vida leve e decente que se instaurara um dia na família Golovin. Marido e mulher puseram-se a brigar cada vez com maior frequência, e logo desapareceu o leve e agradável, ficando apenas a decência. As brigas novamente se tornaram frequentes. E novamente ficaram apenas umas ilhotas, e assim mesmo em número reduzido, sobre as quais marido e mulher podiam reunir-se sem uma explosão.

E agora Prascóvia Fiódorovna já dizia, não sem fundamento, que o seu marido tinha um gênio difícil. Com o hábito de exagerar, inerente à sua pessoa, dizia que ele sempre tivera aquele gênio horrível e que só mesmo com a bondade dela fora possível suportá-lo durante vinte anos. É verdade que era ele quem iniciava, agora, as brigas. As suas implicâncias começavam sempre logo antes do jantar, frequentemente no justo momento em que começava a comer, depois de servida a sopa. Ora observava que alguma louça se estragara, ora a comida não estava de acordo, ora o filho punha o cotovelo sobre a mesa, ora ele tinha o que dizer sobre o penteado da filha. E em tudo ele culpava Prascóvia Fiódorovna. A princípio, esta lhe retrucava, dizendo coisas desagradáveis, mas umas duas vezes, no início do jantar, ele chegou a um tal estado de furor que ela compreendeu tratar-se de uma condição enfermiça, suscitada nele pela ingestão de alimentos, e conteve-se; não retrucava mais, e só apressava todos com o jantar. Prascóvia Fiódorovna considerou um grande mérito da sua parte esta resignação. Depois de decidir que o seu marido tinha um gênio horrível e que fizera a vida dela infeliz, começou a ter pena de si mesma. E quanto mais se compadecia de si, mais odiava o marido. Passou a desejar que ele morresse, mas não podia desejá-lo, pois, se isto acontecesse, não haveria mais ordenado. E isto espicaçava-a contra ele ainda mais. Ela considerava-se terrivelmente infeliz justamente porque mesmo a morte dele não poderia salvá-la; irritava--se, escondia-o, e esta irritação dela, oculta, fortalecia ainda mais a irritação dele.

Depois de uma briga em que Ivan Ilitch fora particularmente injusto, e, passada a qual, na explicação que tiveram, ele dissera que realmente estava irritadiço, mas que isto provinha de uma doença, ela lhe disse que, se estava doente, devia tratar-se, e exigiu que fosse consultar um médico famoso. Ele foi. Tudo se passou como esperava, isto é, como sempre acontece nessas ocasiões: a espera, um ar importante e artificial, doutoral, que já conhecia, aquele mesmo que ele sabia que tinha no tribunal, as batidas no paciente, a auscultação, as perguntas que exigiam respostas formuladas de antemão e, ao que parece, desnecessárias, a expressão significativa, que sugeria o seguinte: basta que você se submeta a nós, e havemos de arranjar tudo, sabemos sem nenhuma dúvida como arranjá-lo, temos um padrão único para todas as pessoas. Tudo era exatamente igual ao que sucedia no tribunal. Assim como ele assumia certa expressão para falar com os acusados, o médico famoso também assumia determinada expressão.

O doutor dizia: isto e mais aquilo indicam que o senhor tem no seu interior isto e mais aquilo; mas se isto não se confirmar pela pesquisa disto e de mais aquilo, teremos que supor no senhor isto e mais aquilo. E supondo-se que tenha isto e mais aquilo, então... etc. Somente uma questão tinha importância para Ivan Ilitch: a sua condição apresentava perigo? Mas o doutor não dava importância a esta questão inconveniente. Do seu ponto de vista, ela era ociosa e não merecia exame; existia somente uma avaliação de possibilidades entre o rim móvel, o catarro crônico e uma afecção no ceco. Não se tratava da vida de Ivan Ilitch, o que existia era uma discussão entre o rim móvel e a afecção no ceco. E o doutor resolveu esta discussão brilhantemente, na presença de Ivan Ilitch, a favor do ceco, fazendo também a observação de que o exame de urina poderia fornecer novos indícios, e que então o caso seria reexaminado. Tudo isto era exatamente o mesmo que o próprio Ivan Ilitch fizera mil vezes, com o mesmo brilhantismo, em relação a um acusado. De maneira igualmente brilhante, o doutor fez o seu resumo e, com ar triunfante, alegre até, lançou um olhar por cima dos óculos, para o acusado. Ivan Ilitch concluiu desse resumo que as coisas iam mal, embora isto fosse indiferente ao médico e talvez a todos os demais. E esta conclusão impressionou Ivan Ilitch morbidamente, despertando nele um sentimento de grande comiseração por si mesmo e de profundo rancor contra aquele médico, tão indiferente a uma questão de tamanha importância.

Mas, sempre calado, levantou-se, pôs o dinheiro sobre a mesa, suspirou, e só então disse:

— Nós, doentes, provavelmente fazemos ao senhor muitas vezes perguntas inconvenientes. Num sentido genérico, é uma doença perigosa ou não?...

O médico olhou-o com severidade, com um olho só, por trás dos óculos, como se dissesse: acusado, se o senhor não se mantiver nos limites das perguntas que lhe são apresentadas, serei obrigado a tomar providências para o seu afastamento da sala das sessões.

— Eu já disse ao senhor aquilo que considerei necessário e conveniente — disse o doutor. — O exame indicará o resto. — E o doutor inclinou-se, despedindo-se.

Ivan Ilitch saiu devagar, sentou-se merencório no trenó e foi para casa. No decorrer de todo o percurso, ele reexaminava tudo o que dissera o médico, esforçando-se por traduzir para uma linguagem simples todos aqueles termos científicos confusos e ler neles uma resposta ao seguinte: estou muito mal ou, por enquanto, não é grave? Tinha a impressão de que o sentido das palavras do médico era que estava muito doente. Nas ruas, tudo lhe pareceu triste. Estavam tristes os cocheiros, as casas, os transeuntes, as vendas. E essa dor, uma dor surda, abafada, que não cessava um segundo sequer, parecia receber, em consequência das palavras imprecisas do médico, um significado novo, mais sério. Ivan Ilitch prestava agora atenção a ela com um sentimento penoso diferente.

Chegando em casa, começou a contar tudo à mulher. Esta o ouviu, mas, quando ele estava no meio do relato, entrou a filha, que estava de chapeuzinho: preparava-se para sair com a mãe. Fazendo um esforço, ela sentou-se para ouvir essa sensaboria, mas não a suportou por muito tempo, e a mãe também não ouviu até o fim.

— Bem, estou muito contente — disse a mulher — e agora, cuide de tomar regularmente o remédio. Passe cá a receita, vou mandar Guerássim à farmácia. — E foi se vestir.

Ele ficou de respiração suspensa enquanto ela permaneceu no quarto, e respirou profundamente, quando ela saiu.

— E então? — disse ele. — É possível que realmente ainda não seja nada...

Começou a tomar remédios e a cumprir em geral as prescrições do médico, que se modificaram em consequência do exame de urina. Mas aí justamente aconteceu que, nesse exame e no que devia seguir-se a ele, teve lugar certa confusão. Não se conseguia alcançar o médico, e parecia que não se estava fazendo o que o doutor mandara. É possível que Ivan Ilitch tivesse esquecido algo, ou então o médico lhe mentira ou escondia dele alguma coisa.

Apesar de tudo, pôs-se a cumprir com exatidão o prescrito e, nos primeiros tempos, encontrou nisso consolo.

A ocupação principal de Ivan Ilitch, desde que fora ao médico, passou a ser a execução exata das suas prescrições quanto à higiene e à ingestão de remédios, acompanhada da observação da sua dor e de todas as funções do seu organismo. As doenças e a saúde humanas tornaram-se os principais interesses de Ivan Ilitch. Quando se falava na sua presença de gente enferma, falecida ou que se restabelecera, sobretudo no caso de doenças semelhantes à sua, ele procurava esconder a emoção, prestava atenção à conversa, interrogava os demais e comparava aqueles casos com o seu.

A dor não diminuía; mas Ivan Ilitch esforçava-se, a fim de se obrigar a pensar que estava melhor. E ele conseguia enganar-se, enquanto nada o perturbava. Mas bastava ocorrer um contratempo nas suas relações com a mulher, um insucesso no serviço, cartas ruins no uíste, para que ele sentisse imediatamente toda a força da sua doença; em outros tempos, ele suportava tais insucessos, esperando poder a qualquer momento corrigir o que ia mal, sobrepujar as dificuldades, alcançar o êxito, conseguir no jogo um *grand slam*. Mas agora qualquer insucesso derrubava-o, levava-o ao desespero. Dizia de si para si: eis que eu mal começara a restabelecer-me e o remédio já estava começando a surtir efeito, quando este maldito infortúnio ou dissabor... E ele se enfurecia contra o infortúnio ou contra as pessoas que lhe causavam dissabores e que o assassinavam, e sentia que esse enfurecimento o estava matando; mas não podia privar-se dele. Aparentemente, deveria perceber com nitidez que este seu enfurecimento contra os homens e as circunstâncias reforçava a sua doença e que, por isso, devia deixar de prestar atenção aos acasos desagradáveis; mas ele desenvolvia uma argumentação justamente oposta: dizia precisar de tranquilidade, vigiava tudo o que infringia essa tranquilidade, e exasperava-se à menor infração. O seu estado era ainda agravado pelo fato de ler livros de Medicina e de se aconselhar com médicos. A sua piora desenvolvia-se com tamanha regularidade que ele podia enganar a si mesmo, fazendo uma comparação entre os dias consecutivos: havia pouca diferença. Mas, quando se aconselhava com médicos, tinha a impressão de que tudo piorava, e muito rapidamente até. E não obstante isso, aconselhava-se continuamente com eles.

Nesse mês, procurou uma outra celebridade: esta segunda celebridade disse quase o mesmo que a primeira, mas formulou de maneira diferente as perguntas. E o aconselhar-se com esta celebridade apenas reforçou a dúvida e o medo de Ivan Ilitch. Um médico excelente, amigo de um amigo seu, classificou a doença de maneira completamente diversa e, embora tivesse prometido o restabelecimento, deixou Ivan Ilitch ainda mais confuso, em consequência das suas perguntas e suposições, e reforçou-lhe as suspeitas. Um médico homeopata fez um diagnóstico de todo diferente dos demais, e às escondidas de todos, Ivan Ilitch tomou durante cerca de uma semana o remédio que ele receitara. Mas passada uma semana, não tendo sentido nenhum alívio, e perdida a confiança quer em relação ao tratamento anterior, quer em relação a este, ficou ainda mais tristonho. De uma feita, uma senhora conhecida referiu-se a curas por meio de ícones. Ivan Ilitch surpreendeu-se ouvindo-a com atenção, procurando constatar a realidade do fato. Este caso assustou-o. "Será possível que eu me tenha enfraquecido tanto mentalmente? — disse de si para consigo. — Bobagem! É tudo tolice, não devo entregar-me à hipocondria e, tendo escolhido determinado médico, preciso seguir estritamente o seu tratamento. É assim que vou agir. Agora, está tudo acabado. Não pensarei mais no caso e, até o verão, seguirei severamente o tratamento. E depois se verá. Agora, acabaram-se essas vacilações!..." Era fácil dizê-lo, mas impossível executar. A dor do lado não cessava de atormentá-lo, parecia cada vez mais forte, tornava-se permanente, o gosto na boca era cada vez mais esquisito, estava com a impressão de ter hálito asqueroso, e cada vez tinha menos apetite, menos forças. Não podia mentir a si mesmo: acontecia nele algo terrível, novo e muito significativo, o mais significativo que lhe acontecera na vida. E era o único a sabê-lo, todos os que o cercavam não compreendiam ou não queriam compreender isto, e pensavam que tudo no mundo estava como de costume. E isto atormentava Ivan Ilitch mais que tudo. As pessoas de casa (sobretudo a mulher e a filha, que estavam no mais aceso da vida social), ele via, não compreendiam nada e ficavam despeitadas porque ele estava tão triste e exigente, como se tivesse alguma culpa. Embora procurassem escondê-lo, ele via que constituía um estorvo, mas que a sua mulher elaborara determinada relação para com a sua doença e que a seguia independentemente do que ele dizia ou fazia. A relação era a seguinte:

— Vocês sabem? — dizia aos conhecidos — Ivan Ilitch não pode, como toda a boa gente, seguir à risca o tratamento prescrito. Hoje, ele toma as gotas e come de acordo com a dieta, e vai deitar-se à hora certa; mas amanhã, de repente, se eu me distrair, ele vai esquecer de tomar o remédio, vai comer esturjão (e ele não deve), e ficará até uma hora jogando uíste.

— Ora, quando foi isto? — diz Ivan Ilitch, magoado. — Uma só vez, em casa de Piotr Ivânovitch.

— E ontem, com Chebek.

— De qualquer modo, eu não conseguia dormir, por causa da dor...

— Não importa o motivo, mas assim você nunca vai ficar bom, e nos atormenta.

A relação exterior de Prascóvia Fiódorovna com a doença do marido, expressa para os demais e para ele mesmo, consistia em que o culpado dessa doença era o próprio Ivan Ilitch e que toda ela constituía um novo dissabor, que ele causava à mulher. Ivan Ilitch sentia que era sem querer que ela dispunha tudo assim, mas este fato não o aliviava.

No tribunal, ele notava ou julgava notar a mesma relação estranha com a sua pessoa: ora tinha a impressão de que prestavam atenção nele como alguém que, em breve, deixaria uma vaga; ora os amigos começavam a caçoar carinhosamente da sua hipocondria, como se aquilo que havia de terrível, de assustador, de inaudito, que se instalara nele, que o sugava incessantemente e arrastava-o incoercivelmente para alguma parte, fosse o mais agradável pretexto para brincadeiras. Irritava-o particularmente Schwartz, com as suas piadas, a sua vitalidade, o seu ar de *comme il faut*, que lembravam a Ivan Ilitch a sua própria pessoa, dez anos antes.

Vinham amigos para uma partida, sentavam-se. Distribuíam-se as cartas de um baralho novo, agrupavam-se os ouros, ele tinha sete. Seu parceiro disse: sem trunfo, e o apoiou com dois ouros. O que mais? Alegre, animado, devia declarar: *grand slam*. E de repente Ivan Ilitch sente essa dor sugadora, esse gosto na boca, e parece-lhe esquisito que possa, ao mesmo tempo, alegrar-se com o *grand slam*.

Olha para Mikhail Mikháilovitch, seu parceiro, vê como ele arrebata a mesa com sua mão forte e como, cortês e condescendente, abstém-se de recolher a vaza e empurra-a para Ivan Ilitch, a fim de proporcionar-lhe o prazer de apanhá-la sem se incomodar, sem estender muito o braço. "Será que ele me julga tão fraco, a ponto de não poder estender muito o braço?" — pensa Ivan Ilitch, esquece os trunfos e corta uma vez mais, sobre as suas próprias cartas, perdendo um *grand slam* por três vazas, e o mais horrível é que ele vê como Mikhail Mikháilovitch sofre, enquanto para ele o fato é indiferente. E é horrível pensar por que isto lhe é indiferente.

Todos veem que ele não se sente bem e dizem-lhe: "Se está cansado, podemos interromper. Descanse um pouco". Descansar? Não, ele não está nem um pouco cansado, e eles acabam o *rubber*. Todos estão calados e sombrios. Ivan Ilitch sente que lhes inspirou esse humor sombrio e que não pode dissipá-lo. Eles jantam e dispersam-se, e Ivan Ilitch fica sozinho, com a consciência de que a sua vida está envenenada, que ela envenena a vida dos demais e que este veneno não se enfraquece, mas penetra cada vez mais todo o seu ser.

E era preciso ir para a cama com a consciência disso, acrescida de dor física e de horror, e frequentemente passar sem dormir a maior parte da noite, devido à dor. E de manhã, era preciso levantar-se de novo, vestir-se, ir para o tribunal, falar, escrever, ou então permanecer em casa, com as mesmas vinte e quatro horas de um dia, cada uma das quais era uma tortura. E sozinho tinha que viver assim à beira da perdição, sem nenhuma pessoa que o compreendesse e se apiedasse dele.

V

Assim se passou um mês, outro. Antes do Ano Novo, o cunhado dele chegou à cidade e instalou-se em sua casa. Ivan Ilitch fora ao tribunal. Prascóvia Fiódorovna estava fazendo compras. Entrando no seu escritório, encontrou ali o cunhado, um tipo sanguíneo, vendendo saúde, que desfazia sozinho a mala. Ouvindo os passos de Ivan Ilitch, ele ergueu a cabeça e olhou-o por um segundo em silêncio. Este olhar desvendou tudo para Ivan Ilitch. O cunhado abriu a boca para soltar um "ah", mas conteve-se. Este movimento confirmou tudo.

— Então, eu estou diferente?
— Sim... há uma diferença.

E por mais que Ivan Ilitch procurasse induzir depois o cunhado a uma conversa sobre a sua aparência, o outro permanecia calado. Chegou Prascóvia Fiódorovna, o cunhado foi vê-la. Ivan Ilitch passou a chave na porta e ficou olhando-se no espelho: de frente, depois de lado. Apanhou o seu retrato com a mulher e comparou-o com o que via no espelho. Era enorme a mudança. Depois, desnudou os braços até o cotovelo, olhou, desceu as mangas, sentou-se numa otomana e ficou mais negro que a noite.

"Não se deve, não se deve" — disse de si para si, levantou-se num salto, acercou-se da mesa, abriu um processo, começou a lê-lo, mas não conseguiu. Destrancou a porta e passou para o salão. A porta para a sala de visitas estava fechada. Aproximou-se dela nas pontas dos pés e ficou à escuta.

— Não, você exagera — dizia Prascóvia Fiódorovna.

— Como assim: exagero? Você não vê, mas ele é um homem morto, veja os seus olhos. Não têm luz. Mas o que é que ele tem?

— Ninguém sabe. Nicoláiev (era outro médico) disse alguma coisa, mas eu não sei. Lieschetchítzki (era o médico famoso) disse o contrário...

Ivan Ilitch afastou-se da porta, foi ao seu quarto, deitou-se e ficou pensando: "Rim, um rim móvel". Lembrou-se de tudo o que lhe disseram os médicos, de como ele se soltara e agora se movia. E com a força da imaginação, procurou agarrar este rim e detê-lo, fixá-lo; precisava-se de tão pouco para isto, parecia-lhe. "Não, irei ainda à casa de Piotr Ivânovitch." (Era o amigo que se dava bem com um médico.) Tocou a campainha, mandou atrelar os cavalos e preparou-se para sair.

— Aonde vai, *Jean*?[16] — perguntou-lhe a mulher, com uma expressão particularmente triste e uma bondade que não lhe era habitual.

Essa bondade pouco habitual deixou-o enfurecido. Dirigiu-lhe um olhar sombrio.

— Tenho que ir à casa de Piotr Ivânovitch.

Foi à casa do amigo que se dava com um médico. E com ele à casa deste. Encontrou-o e conversou com ele longamente.

Analisando anatômica e fisiologicamente os pormenores daquilo que, na opinião do médico, sucedera nele, compreendeu tudo.

Havia uma coisinha, uma insignificância no ceco. Tudo isso podia se resolver. Reforçar a energia de um órgão, enfraquecer a atividade de outro, terá lugar uma reabsorção e tudo se restabelecerá. Atrasou-se um pouco para o jantar. Depois de comer, conversou alegremente, mas por muito tempo não pôde ir estudar no escritório. Finalmente, dirigiu-se

---

[16] No caso, forma afrancesada de Ivan. (N. do T.)

para ali e no mesmo instante sentou-se para trabalhar. Leu processos, trabalhou, mas não o abandonava a consciência de ter um caso importante, íntimo, posto de lado, e do qual se ocuparia depois de acabar a tarefa. Concluída esta, lembrou-se de que o caso íntimo consistia nos pensamentos a respeito do seu ceco. Mas não se entregou a eles, e foi à sala de visitas para o chá. Havia visitas, conversava-se, tocava-se piano, cantava-se; estava ali o juiz de instrução, o noivo desejado para sua filha. Conforme observou Prascóvia Fiódorovna, Ivan Ilitch estava aquela noite mais alegre que outros dos presentes, mas ele não esqueceu um instante sequer que tinha importantes pensamentos, deixados de lado, a respeito do seu ceco. Despediu-se às onze horas, a fim de se recolher. Desde o início da doença, dormia sozinho, num quartinho junto ao seu escritório. Foi para ali, despiu-se, apanhou um romance de Zola, mas não o leu, e ficou pensativo. E em sua imaginação ocorria aquela correção desejada do seu ceco. Havia reabsorção, desassimilação, restabelecia-se a atividade correta. "Sim, tudo isso é assim mesmo — disse ele com os seus botões. — Somente, é preciso ajudar a natureza." Lembrou-se do remédio, soergueu-se, tomou-o, deitou-se de costas, prestando atenção em como ele atuava favoravelmente e anulava a dor. "Somente tomá-lo com uniformidade e evitar influências nocivas; agora, já me sinto um tanto melhor, muito melhor até." Começou a apalpar-se do lado: não sentia mais dor ali. "Sim, não estou sentindo, de fato já estou muito melhor." Apagou a vela e deitou-se de lado... O ceco estava se restabelecendo, havia reabsorção. De repente, sentiu a dor conhecida, abafada, surda, insistente, quieta, séria. E, na boca, a mesma sensação abjeta que já conhecia. Algo sugou-lhe o coração, sua cabeça turvou-se. "Meu Deus, meu Deus! — disse ele. — De novo, de novo, e nunca há de parar." E de repente, o caso se lhe apresentou por uma face completamente oposta. "O ceco! O rim — disse a si mesmo. — O caso não está no ceco, nem no rim, mas na vida e... na morte. Sim, a vida existiu, mas eis que está indo embora, embora, e eu não posso detê-la. Sim. Para quê me enganar? Não é evidente para todos, com exceção de mim, que estou morrendo, e a questão reside apenas no número de semanas, de dias, talvez seja agora mesmo? Existiu luz, e agora é a treva. Eu estive aqui, e agora vou para lá! Para onde?" Um frio percorreu-o, a respiração se deteve. Ele ouvia apenas as batidas do coração.

"Eu não existirei mais, o que existirá então? Não existirá nada. Onde estarei então, quando não existir mais? Será realmente a morte? Não, não quero." Levantou-se de um salto, quis acender a vela, apalpou em volta, as mãos trêmulas, deixou cair no chão o castiçal com a vela e tornou a descair para trás, sobre o travesseiro. "Para quê? Tanto faz — disse a si mesmo, perscrutando a treva, os olhos abertos. — A morte. Sim, a morte. E nenhum deles sabe nem quer saber, e nem lamenta isso. Ocupam-se de música. (Ouvia, atrás da porta, distantes, o retumbar de uma voz, acompanhado de ritornelos.) Para eles, tanto faz, mas também eles hão de morrer. Bobalhões. Eu vou primeiro, eles depois; hão de passar pelo mesmo que eu. E, no entanto, estão alegres. Animais!" Sufocava de raiva. Teve uma sensação penosa, torturante, intolerável. Não podia ser verdade que todos estivessem condenados para sempre a este medo terrível. Levantou-se.

"Alguma coisa não está certa; tenho que me acalmar, tenho que pensar em tudo desde o começo." E ele se pôs a pensar. "Sim, o início da doença. Dei uma batida de lado, mas não percebi grande mudança em mim, nem aquele dia, nem no seguinte; doeu um pouco, depois mais, depois os médicos, depois o humor tristonho, a angústia, de novo os médicos; e eu estava caminhando cada vez mais perto, mais perto do abismo. As forças diminuíam. Estava cada vez mais perto, mais perto. E eis que me consumi, não tenho mais luz nos olhos. E aí está a morte, e eu só penso no meu ceco. Penso em consertar o ceco, mas isto aqui é a morte. Será mesmo?"

Novamente, o pavor apossou-se dele, ficou ofegante, inclinou-se, começou a procurar os fósforos, apertou o cotovelo contra o criado-mudo. Este era um estorvo e causava-lhe dor; enfureceu-se contra ele, pressionou-o com mais força e derrubou-o. E desesperado, perdendo o fôlego, caiu de costas, esperando a morte naquele instante.

No entretanto, as visitas estavam se retirando. Prascóvia Fiódorovna acompanhava-as. Ela ouviu a queda e entrou no quarto.

— O que há com você?
— Nada. Deixei cair sem querer.

Ela saiu, trouxe uma vela. Ele estava deitado, respirando pesadamente e depressa, como um homem que tivesse corrido uma versta sem parar, e olhava-a, os olhos parados.

— O que tem você, *Jean*?
— Na... ada. Dei... xei... ca... ir. "Para quê falar? Ela não vai compreender" — pensou ele.

De fato, ela não compreendeu. Levantou o criado-mudo, acendeu uma vela para ele e saiu apressada: ainda tinha que acompanhar uma das convidadas.

Quando ela voltou, ele estava deitado de costas como antes, olhando para o alto.

— O que tem você? Está pior?
— Sim.

Ela meneou a cabeça, ficou um pouco sentada.

— Sabe, *Jean*? Eu penso se não seria bom chamar o Lieschetchítzki.

Isto significava chamar o médico famoso e não poupar despesa. Ele sorriu venenoso e disse: "Não". Ela ficou sentada mais algum tempo, aproximou-se dele e beijou-lhe a testa.

Ele a odiava de todo o coração nos momentos em que ela o beijava, e fez um esforço para não a repelir.

— Boa noite. Se Deus quiser, você vai dormir.
— Sim.

VI

Ivan Ilitch via que estava morrendo, e o desespero não o largava mais. Sabia, no fundo da alma, que estava morrendo, mas não só não se acostumara a isto, como simplesmente não o compreendia, não podia de modo algum compreendê-lo.

O exemplo do silogismo que ele aprendera na Lógica de Kiesewetter: Caio é um homem, os homens são mortais, logo Caio é mortal, parecera-lhe, durante toda a sua vida, correto somente em relação a Caio, mas de modo algum em relação a ele. Tratava-se de Caio-homem, um homem em geral, e neste caso era absolutamente justo; mas ele não era Caio, não era um homem em geral, sempre fora um ser completa e absolutamente distinto dos demais; ele era Vânia,[17] com mamãe, com papai, com Mítia e Volódia,[18] com os brinquedos, o cocheiro, a babá, depois com Kátienka,[19] com todas as alegrias, tristezas e entusiasmos da infância, da juventude, da mocidade. Existiu porventura para Caio aquele cheiro da pequena bola de couro listada, de que Vânia gostara tanto?! Porventura Caio beijava daquela maneira a mão da mãe, acaso farfalhou para ele, daquela maneira, a seda das dobras do vestido da mãe? Fizera um dia tanto estardalhaço na Faculdade de Direito, por causa de uns *pirojki*?[20] Estivera Caio assim apaixonado? E era capaz de conduzir assim uma sessão de tribunal?

E Caio é realmente mortal, e está certo que ele morra, mas quanto a mim, Vânia, Ivan Ilitch, com todos os meus sentimentos e ideias, aí o caso é bem outro. E não pode ser que eu tenha de morrer. Seria demasiadamente terrível.

Era assim que ele sentia.

---

[17] Diminutivo de Ivan. (N. do T.)
[18] Diminutivos de Dmitri e Vladímir, respectivamente. (N. do T.)
[19] Diminutivo de Iecatierina (Catarina). (N. do T.)
[20] Espécie de bolinhos recheados. (N. do T.)

"Se eu tivesse que morrer, que nem Caio, bem que eu o saberia, a minha voz interior haveria de dizê-lo, mas nada disso ocorreu em mim; tanto eu como todos os meus amigos compreendemos que isso é bem diferente do que sucedeu a Caio. E eis o que acontece agora! — dizia em seu íntimo. — Não pode ser. Não pode ser, mas é. O que há então? Como compreender isso?"

Ele não conseguia compreender e procurava enxotar esse pensamento, como falso, incorreto, doentio, repeli-lo por meio de outros pensamentos, corretos, sadios. Mas esse pensamento, e não só o pensamento, mas como que a própria realidade, voltava e estacava diante dele.

E ele convocava, um após outro, pensamentos que substituíssem aquele, na esperança de encontrar neles apoio. Tentava voltar aos velhos caminhos de pensamento, que ocultaram para ele anteriormente a ideia da morte. Mas, fato estranho, tudo o que antes ocultava, escondia, anulava a consciência da morte, não podia mais ter este efeito. Ultimamente, Ivan Ilitch passava a maior parte do tempo nessas tentativas de restabelecer os primitivos caminhos do sentimento que ocultava a morte. Às vezes, dizia consigo: "Vou ocupar-me do serviço, bem que ele já me fez viver". E ia para o tribunal, repelindo todas as dúvidas; iniciava conversas com os colegas e sentava-se, fazendo passar, segundo um velho hábito, o olhar distraído e pensativo sobre a multidão, e apoiando os seus braços emagrecidos nos braços da poltrona de carvalho, inclinando-se como de costume na direção do colega, empurrando para ele o processo, conversando em murmúrio, e depois, levantando de repente os olhos e ficando ereto na poltrona, proferia as palavras conhecidas e dava início ao julgamento. Mas de repente, em meio à sessão, a dor do lado iniciava, sem dar nenhuma atenção ao desenvolvimento do caso judiciário, iniciava o trabalho com o *seu* caso, aquele trabalho sugador. Ivan Ilitch prestava atenção, enxotava o pensamento a respeito dela, mas ela continuava a sua faina, e *ela* vinha e parava bem diante dele, e olhava-o, e ele petrificava--se, o fogo apagava-se em seus olhos, e ele começava de novo a interrogar-se: "Será possível que somente *ela* seja verdade?". E os seus colegas e subalternos viam com espanto e desgosto que ele, um juiz tão brilhante e sutil, confundia-se, errava. Ele se sacudia, esforçava-se em voltar a si, conduzia a sessão de qualquer maneira até o fim e regressava para casa, com a triste consciência de que a sua função judiciária não podia mais, como outrora, esconder dele aquilo que ele queria esconder; que não podia livrar-se *dela* por meio da função judiciária. E o pior de tudo era que *ela* o atraía para si, não para que fizesse algo, mas unicamente para que a olhasse, bem nos olhos, olhasse-a e se atormentasse indescritivelmente, sem fazer nada.

E, procurando escapar a esta condição, Ivan Ilitch buscava consolo, procurava outros biombos, e estes apareciam e por algum tempo pareciam salvá-lo, mas imediatamente não é que desabassem de todo, mais propriamente tornavam-se transparentes, como se *ela* atravessasse tudo e nada pudesse encobri-la.

Nos últimos tempos, acontecia-lhe entrar na sala de visitas, que fora arrumada por ele, a mesma sala em que caíra e para o arranjo da qual, como agora pensava com um sarcasmo penetrante, ele sacrificara a vida, pois sabia que a sua doença começara com aquela machucadura, acontecia-lhe entrar ali e ver que na mesa envernizada havia uma incisão provocada por algo. Procurava a causa e encontrava-a num enfeite de bronze de um álbum, vergado num canto. Apanhava o álbum caro, arrumado por ele com tanto amor, e magoava-se com o relaxamento da filha e dos amigos desta: ora havia rasgões, ora os retratos estavam virados. Cuidadosamente, punha isto em ordem, tornava a dobrar o enfeite.

Depois, acudia-lhe a ideia de transferir para outro canto, para junto das flores, todo esse *établissement* com os álbuns. Chamava um criado: acudiam sua filha ou a mulher;

não concordavam, contraditavam-no, ele discutia, zangava-se; mas tudo estava bem, porque Ivan Ilitch não se lembrava *dela*, *ela* não era visível.

Mas eis que a sua mulher disse, quando ele estava transferindo sozinho os objetos: "Deixe disso, por favor, os criados vão fazer isso, senão você mais uma vez vai se prejudicar", e de repente *ela* apareceu atrás dos biombos, ele viu-*a*. *Ela* apareceu, Ivan Ilitch tinha ainda esperança de que *ela* ia ocultar-se, mas involuntariamente prestou atenção ao lado doente: a mesma coisa permanecia ali, doía como sempre, ele já não podia esquecer, e *ela* evidentemente espiava-o de trás das flores. Para quê tudo aquilo?

"E é verdade que aqui, junto a esta cortina, eu perdi a vida como no ataque a uma fortificação. Será mesmo? Como é terrível e estúpido! Isso não pode ser! Não pode ser, mas é."

Ia para o seu escritório, deitava-se e novamente ficava a sós com *ela*. Frente a frente, mas sem ter o que fazer com *ela*. Somente olhá-*la* e gelar.

VII

Não se poderia dizer como foi que isso aconteceu no terceiro mês da doença de Ivan Ilitch, porque isto se deu passo a passo, imperceptivelmente, mas aconteceu que a mulher, a filha, o filho, os criados, os conhecidos, os médicos, e sobretudo ele mesmo, souberam que todo o interesse que ele apresentava para os demais consistia unicamente no seguinte: se não demoraria muito a desocupar finalmente o seu lugar, a livrar os vivos da opressão causada pela sua presença, e a livrar-se ele mesmo dos seus sofrimentos.

Dormia cada vez menos; davam-lhe ópio e começaram a injetar-lhe morfina. Mas isto não o aliviava. A embotada angústia, que ele experimentava no estado de semi-inconsciência, a princípio somente o aliviava como algo novo, mas depois ela se tornou igual ou ainda mais penosa que a dor pura e simples.

De acordo com o prescrito pelos médicos, preparavam-lhe alimentos especiais; mas estes tornavam-se cada dia mais insípidos, mais abjetos.

Foram feitas também adaptações especiais para as suas excreções, e cada vez isto constituía um sofrimento. Sofrimento por causa da sujeira, da indecência e do cheiro, da consciência de que outra pessoa devia ter participação naquilo.

Mas foi justamente nessa desagradável ocupação que surgiu um consolo para Ivan Ilitch. Quem sempre vinha levar o vaso era o ajudante de copeiro Guerássim.

Era um mujique jovem, limpo, ressumando frescor, e que engordara com o passadio na cidade. Estava sempre alegre, radiante. A princípio, Ivan Ilitch ficava constrangido com a aparência daquele homem sempre vestido com asseio, à russa, e que executava aquele serviço repugnante.

De uma feita, ele se ergueu do vaso e, sem forças para levantar as calças, descaiu sobre a poltrona macia e ficou olhando horrorizado para as suas coxas nuas, impotentes, de músculos abruptamente destacados.

Guerássim entrou, com as suas botas grossas, num passo leve e vigoroso, espalhando ao redor o cheiro agradável do alcatrão do couro e da frescura do ar noturno, de avental limpo de serapilheira e uma camisa de chita, igualmente limpa, de mangas arregaçadas sobre os braços nus, vigorosos, moços, e acercou-se do vaso sem olhar para Ivan Ilitch, parecendo conter, a fim de não ofender o doente, a alegria de vida que lhe brilhava no rosto.

— Guerássim — disse debilmente Ivan Ilitch.

Guerássim estremeceu, provavelmente assustado de ter cometido algum engano, e, com um movimento rápido, voltou para o doente o seu rosto fresco, bondoso, singelo, jovem, em que a barba mal despontava.

— O que deseja?

— Isto é desagradável para você, penso eu. Desculpe. Eu não posso.

— Imagine! — Guerássim fez cintilar os olhos e arreganhou os dentes jovens e brancos. — Por que não me esforçar? O seu caso é de doença.

E, com mãos ágeis e vigorosas, executou a sua tarefa de sempre e saiu num passo ligeiro. Cinco minutos depois, voltou com o mesmo passo leve.

Ivan Ilitch estava como sempre sentado na sua poltrona.

— Guerássim — disse ele, quando o outro colocou ali o vaso limpo, lavado —, ajude-me por favor, venha cá. — Guerássim acercou-se. — Suspenda-me. Sozinho, é difícil para mim, e eu mandei embora o Dmitri.

Guerássim aproximou-se; com a mesma habilidade que denotava o seu passo ligeiro, envolveu Ivan Ilitch com os braços robustos, suspendeu-o ágil e suavemente, sustentou-o assim um pouco, com a outra mão puxou-lhe as calças e quis sentá-lo. Mas o doente pediu que o levasse para o divã. Sem nenhum esforço e parecendo não fazer nenhuma pressão sobre ele, Guerássim conduziu-o, quase carregando-o, para o divã e sentou-o.

— Obrigado. Como você faz tudo... com agilidade, bem.

Guerássim tornou a sorrir e quis sair dali. Mas Ivan Ilitch sentia-se tão bem com ele que não queria deixá-lo.

— Ouça uma coisa: aproxime de mim esta cadeira, por favor. Não, esta aqui, ponha-a sob os meus pés. Eu me sinto melhor com os pés mais levantados.

Guerássim trouxe uma cadeira, colocou-a sem bater no chão, isto é, baixando-a de uma vez, uniformemente, e levantou os pés de Ivan Ilitch, colocando-os sobre a cadeira; o doente teve uma sensação de alívio, enquanto Guerássim levantava-lhe alto os pés.

— Estou melhor quando os meus pés estão mais levantados — disse ele. — Coloque em baixo de mim aquele travesseiro.

Guerássim obedeceu. Tornou a levantar os pés e a colocá-los ali. Novamente Ivan Ilitch sentiu-se melhor, enquanto Guerássim segurava-lhe os pés. Quando ele baixou-os, teve a impressão de se sentir pior.

— Guerássim — disse ele —, está ocupado agora?

— Nem um pouco — replicou Guerássim, que aprendera com as pessoas da cidade a falar com os patrões.

— O que mais você tem a fazer?

— O que tenho a fazer? Já fiz tudo, só tenho que picar lenha para amanhã.

— Neste caso, segure um pouco os meus pés assim no alto, pode ser?

— Por que não? Posso. — Guerássim suspendeu os pés de Ivan Ilitch, que teve então a impressão de não sentir nenhuma dor.

— E como é que vai ser com a lenha?

— Faça o favor de não se preocupar. Teremos tempo.

Ivan Ilitch ordenou a Guerássim que se sentasse, segurando os seus pés, e conversou com ele. E, fato estranho, teve a impressão de sentir-se melhor enquanto Guerássim segurava-lhe os pés.

A partir de então, Ivan Ilitch chamava às vezes Guerássim, fazendo-o segurar os seus pés sobre os ombros, e gostava de conversar com ele. Guerássim fazia isto com leveza, de bom grado, com simplicidade e uma bondade que deixava Ivan Ilitch comovido. A saúde, a força, a vitalidade de todas as demais pessoas ofendiam Ivan Ilitch; somente a força e a vitalidade de Guerássim não o entristeciam, e sim acalmavam-no.

O sofrimento maior de Ivan Ilitch provinha da mentira, aquela mentira por algum motivo aceita por todos, no sentido de que ele estava apenas doente e não moribundo, e que só devia ficar tranquilo e tratar-se, para que sucedesse algo muito bom. Mas ele sabia que, por mais coisas que fizessem, nada resultaria disso, além de sofrimentos ainda mais penosos e morte. E esta mentira atormentava-o, atormentava-o o fato de que não quisessem confessar aquilo que todos sabiam, ele mesmo inclusive, mas procurassem mentir perante ele sobre a sua terrível situação, e obrigassem-no a tomar também parte nessa mentira. A mentira, essa mentira que lhe era pregada nas vésperas da sua morte, a mentira que devia abaixar esse ato terrível e solene da sua morte até o nível de todas as suas visitas, das cortinas, do esturjão no jantar... era horrivelmente penosa para Ivan Ilitch. E, fato estranho, muitas vezes em que eles efetuavam com o doente os seus manejos, ele estava a um fio de cabelo de gritar-lhes: deixem de mentir, vocês sabem e eu sei também que estou morrendo, pois então deixem pelo menos de mentir. Mas ele nunca teve ânimo de fazê-lo. Por meio daquela mesma "decência" a que ele servira a vida inteira, todos os circunstantes rebaixavam o ato terrível, horroroso, da sua morte, ele via bem, ao nível de um acaso desagradável, quase uma inconveniência (a exemplo da maneira com que se trata um homem que, entrando numa sala de visitas, passa a exalar mau cheiro); via que ninguém haveria de compadecer-se dele, porque ninguém queria sequer compreender a sua situação. Guerássim era o único a compreendê-la e a compadecer-se dele. E por isso Ivan Ilitch sentia-se bem unicamente na presença de Guerássim. Sentia-se bem quando Guerássim segurava-lhe os pés, às vezes noites a fio, e recusava-se a ir dormir, dizendo: "Faça o favor de não se inquietar, Ivan Ilitch, eu vou ter tempo de dormir"; ou então quando ele, passando ao "tu", acrescentava: "Ainda se não fosses doente, mas, do jeito como estás, por que não ajudar um pouco?". Guerássim era o único a não mentir, tudo indicava que era também o único a compreender do que se tratava, e que não considerava necessário escondê-lo, e simplesmente tinha pena do patrão fraco, em vias de se acabar. De uma feita, até disse francamente, quando Ivan Ilitch o mandava embora:

— Todos nós vamos morrer. Por que então não me esforçar um pouco? — expressando assim que o trabalho não lhe pesava justamente por ser feito para um moribundo, e que tinha esperança de que também para ele alguém faria aquele trabalho, quando chegasse o seu dia.

Além dessa mentira, ou em consequência dela, o que mais atormentava Ivan Ilitch era o fato de que ninguém se compadecesse dele da maneira como ele queria: havia instantes, depois de prolongados sofrimentos, em que Ivan Ilitch queria mais que tudo, por mais que se envergonhasse de confessá-lo, que alguém se apiedasse dele como de uma criança doente. Queria ser acarinhado, beijado, que chorassem sobre ele, como se costuma acarinhar e consolar crianças. Ele sabia que era um juiz importante, que em parte já tinha uma barba grisalha, e que por isto seria impossível; mas, assim mesmo, queria. E nas suas relações com Guerássim havia algo próximo a isto, e por essa razão as relações com Guerássim confortavam-no. Ivan Ilitch quer chorar, deseja ser acariciado e que alguém chore por ele, e eis que chega o seu colega, o juiz Chebek, e, em lugar de chorar e animar-se, Ivan Ilitch compõe um rosto sério, severo, profundo, e, por inércia, diz a sua opinião sobre o significado de um acórdão da corte de apelação, e insiste nela obstinado. Esta mentira ao seu redor e nele mesmo envenenou mais que tudo os últimos dias da vida de Ivan Ilitch.

VIII

Era manhã. E era manhã unicamente porque Guerássim saíra e viera o criado Piotr, que apagara as velas, afastara uma das cortinas e começara suavemente a arrumação. Fosse manhã ou noite, sexta-feira ou domingo, era tudo indiferente, o que havia era sempre o mesmo: uma dor surda, torturante, que não sossegava um instante sequer; a consciência da vida que não cessava de afastar-se sem esperança, mas que ainda não partira de todo; a mesma morte odiosa, terrível,

que se aproximava e que era a única realidade; e sempre a mesma mentira. Para quê então os dias, semanas e horas do dia?
— Não manda servir o chá?
"Ele precisa de que haja ordem para que, de manhã, os patrões possam tomar chá" — pensou Ivan Ilitch e disse apenas:
— Não.
— Não quer passar para o divã?
"Ele precisa arrumar o quarto, e eu atrapalho, sou a sujeira, a desordem" — pensou ele e disse somente:
— Não, deixe-me.
O criado continuou a afanar-se. Ivan Ilitch estendeu a mão. Piotr acercou-se dele, serviçal.
— O que manda?
— O relógio.
Piotr apanhou o relógio que tinha à mão e estendeu-o.
— Oito e meia. Lá ainda não se levantaram?
— Ainda não. Vassíli Ivânovitch (era o seu filho) foi ao ginásio, e Prascóvia Fiódorovna mandou acordá-la, se o senhor chamasse. Quer que acorde?
— Não, não precisa. "Por que não experimento o chá?" — pensou. — Sim, o chá... traga.
Piotr encaminhou-se para a porta. Ivan Ilitch teve medo de ficar sozinho. "Como retê-lo? Sim, o remédio." — Piotr, dê-me o remédio. "Por que não? Talvez o remédio ainda ajude." Tomou a colher, engoliu. "Não, não me ajudará. Tudo isso é bobagem, mentira — decidiu ele, apenas sentiu o gosto conhecido, muito doce, desesperador. — Não, eu não posso mais acreditar. Mas, para quê esta dor? Seria bom se ela se aquietasse por um instante ao menos." E começou a gemer. Piotr voltou. — Não, vá. Traga-me chá.

Piotr saiu. Ficando sozinho, Ivan Ilitch gemeu menos de dor, por mais horrível que ela fosse, que de angústia. "É sempre o mesmo, o mesmo, todos estes dias e noites infindáveis.

Se viesse ao menos mais depressa. Se viesse o quê? A morte, a treva. Não, não. Tudo é melhor que a morte!"

Quando Piotr entrou com o chá numa bandeja, Ivan Ilitch passou muito tempo olhando-o perplexo, sem compreender quem era ele e o que fazia ali. Piotr ficou confuso com aquele olhar. E no momento em que Piotr ficou confuso, Ivan Ilitch voltou a si.

— Sim — disse ele —, o chá... está bem, coloque aí. Ajude-me apenas a lavar-me e me dê uma camisa limpa.

E Ivan Ilitch começou a lavar-se. Lavou repousadamente as mãos, o rosto, escovou os dentes, começou a pentear-se e olhou-se no espelho. Assustou-se então; o que mais assustava era que os cabelos se comprimissem, tão achatados, contra a testa pálida.

Quando lhe trocaram a camisa, ele sabia que se assustaria ainda mais, se lançasse um olhar para o seu corpo, e não se olhou. Mas eis que tudo terminou. Vestiu o roupão, cobriu-se com a manta e sentou-se na poltrona para o chá. Por um instante, sentiu mais frescor, mas apenas começou a tomar chá, voltaram-lhe o mesmo gosto, a mesma dor. Foi com esforço que acabou de tomá-lo e deitou-se, as pernas estendidas. Depois de se deitar, dispensou Piotr.

Sempre o mesmo. Ora brilha uma gota de esperança, ora tumultua um mar de desespero, e sempre a dor, sempre a dor, sempre a angústia, é sempre o mesmo. Sozinho, sente uma angústia terrível, dá vontade de chamar alguém, mas sabe de antemão que, em presença de outras pessoas, é pior ainda. "Seria bom tomar ainda morfina, alcançar o esquecimento. Vou dizer ao médico que invente mais alguma coisa. Assim, é impossível, impossível."

Passam-se assim uma, duas horas. Mas eis que um toque ressoa na antessala. Talvez seja o médico. De fato é ele, fresco, animado, gordo, alegre, com a expressão de quem diz: vocês aí se assustaram, mas num instante vamos dar um jeito em tudo. O médico sabe que esta expressão não serve ali, mas

ele vestiu-a para sempre e não pode tirá-la, como um homem que vestiu de manhã o seu fraque, a fim de fazer visitas.
Esfrega as mãos com ânimo, consolador.
— Estou com frio. É de rachar. Deixem me esquentar um pouco — diz com tal expressão como se bastasse esperar um pouco, até ele se esquentar, e, depois disso, daria um jeito em tudo.
— Bem, e então?
Ivan Ilitch percebe que o médico tem vontade de dizer: "Como vão as coisinhas?" — mas que também ele sente que não se pode falar assim, e que por isso diz: "Como passou a noite?".
Ivan Ilitch olha o doutor, como se dissesse: "Será possível que você nunca se envergonhará de mentir?". Mas o outro não quer compreender esta pergunta.
E Ivan Ilitch diz:
— É horrível como antes. A dor não passa, não cede. Se alguma coisa ajudasse!
— Ora, vocês doentes são sempre assim. Bem, agora, parece que já me esquentei, até a cuidadosíssima Prascóvia Fiódorovna não teria nada a dizer contra a minha temperatura. Bem, bom dia. — E o doutor aperta a mão de Ivan Ilitch.
Abandonando todo o seu jeito brincalhão, põe-se a examinar, com ar sério, o doente, toma-lhe o pulso, a temperatura, e começam as batidas no seu corpo, as auscultações.
Ivan Ilitch sabe firme e indubitavelmente que tudo isto é tolice, uma mentira vazia, mas quando o médico se ajoelha e estende-se sobre ele, encostando o ouvido ora mais em cima, ora mais embaixo, e executa sobre o seu corpo, com o ar mais significativo, diferentes evoluções de ginástica, Ivan Ilitch cede a isto, como lhe acontecia antes ceder aos discursos dos advogados, embora soubesse muito bem que eles mentiam sempre, e para quê mentiam.
O médico, ajoelhado no divã, ainda estava dando as suas batidinhas, quando farfalhou à porta o vestido de seda

de Prascóvia Fiódorovna e ouviu-se a sua censura a Piotr, que não lhe comunicara a chegada do doutor.

Ela entra, beija o marido e imediatamente se põe a demonstrar que já se levantara havia muito tempo, e somente em virtude de um mal-entendido não estava ali quando o doutor chegara.

Ivan Ilitch olha para ela, examina-a toda e, no íntimo, censura-lhe a brancura, o fofo, a limpeza dos braços, do pescoço, o lustre dos cabelos e o brilho dos seus olhos repletos de vida. Odeia-a de toda a alma. E, tocado por ela, é obrigado a sofrer de um afluxo de ódio.

A relação dela com ele e com a sua doença é sempre a mesma. Assim como o médico elaborara para si um tipo de relação com os doentes, e da qual ele não podia mais se desfazer, também ela possuía um tipo determinado de relação com ele: Ivan Ilitch sempre deixava de fazer algo que era necessário, ele mesmo era culpado, e ela censurava-lhe isto amorosamente. E elaborado este tipo de relação, ela não podia mais desfazer-se dele.

— Mas ele não obedece! Não toma o remédio na hora. E sobretudo, deita-se numa posição que certamente lhe faz mal: as pernas para cima.

Ela contou como ele obrigava Guerássim a segurar-lhe os pés.

O doutor sorriu com desdém e carinho, o que significava: "Ora, que remédio? Esses doentes inventam às vezes cada bobagem; mas pode-se desculpar".

Terminado o exame, o médico olhou para o relógio, e então Prascóvia Fiódorovna declarou a Ivan Ilitch que, quisesse ele ou não, ela convidara para aquele dia um médico famoso, que, juntamente com Mikhail Danílovitch (assim se chamava o médico não importante), haveria de examiná-lo e decidir o que fazer.

— Não se oponha, por favor. Faço isto para mim mesma — disse com ironia, dando a sentir que fazia tudo por ele e, com isto apenas, não lhe deixava o direito de recusar. Ele calou-se, fazendo caretas. Sentia que a mentira em volta dele emaranhava-se a tal ponto que já era difícil distinguir algo.

Tudo o que ela fazia com ele era unicamente para si que o fazia, e dizia isto ao marido, mas o que fazia era tão inconcebível, que ele tinha de compreendê-lo no sentido contrário.

De fato, às onze e meia chegou o médico famoso. Seguiram-se novas auscultações e conversas significativas, ora na presença de Ivan Ilitch, ora em outro quarto, sobre o rim, o ceco, e perguntas e respostas com um ar tão significativo que, novamente, em lugar da questão real sobre vida e morte, agora já a única que ele tinha diante de si, surgiu uma questão a respeito de rim e ceco, que faziam algo de maneira diversa da necessária, e que por isto seriam de pronto atacados por Mikhail Danílovitch e pela celebridade, que os obrigariam a corrigir-se.

O médico famoso despediu-se com ar sério, mas não sem esperança. E quando Ivan Ilitch lhe perguntou timidamente, os olhos dirigidos para ele e brilhantes de medo e esperança, se havia uma possibilidade de cura, respondeu que não se podia garantir, mas era possível. O olhar esperançoso com que Ivan Ilitch acompanhou o médico era tão lastimável que, vendo-o, Prascóvia Fiódorovna até chorou, quando passava pela porta do escritório, a fim de pagar os honorários do médico famoso.

Durou pouco a elevação de ânimo provocada pelas esperanças incutidas pelo médico. De novo, eram o mesmo quarto, os mesmos quadros, cortinas, papel de parede, vidros de remédio, aquele mesmo corpo seu, dolorido e sofredor. E Ivan Ilitch pôs-se a gemer; deram-lhe uma injeção e ele perdeu a consciência.

Quando voltou a si, já escurecia; trouxeram-lhe o jantar. Comeu com esforço o caldo; e novamente o mesmo, novamente a noite que chegava.

Depois do jantar, às sete, Prascóvia Fiódorovna entrou no quarto, arrumada para sair, os gordos peitos comprimidos e com vestígios de pó de arroz no rosto. Ainda de manhã, lembrara-lhe que iam ao teatro. Havia um espetáculo de Sarah Bernhardt, e eles tinham um camarote, que fora reservado por insistência de Ivan Ilitch. Ele esquecera isto, e o traje festivo da mulher ofendeu-o. Mas escondeu o seu sentimento de ofensa, quando se lembrou de que ele mesmo insistira em que reservassem um camarote e fossem, porque se tratava de um prazer estético e educativo para os filhos.

Prascóvia Fiódorovna entrou no quarto, satisfeita consigo mesma, parecendo, porém, culpada. Sentou-se um pouco, perguntou pela sua saúde, mas, conforme ele via, unicamente por perguntar e não para se informar, pois sabia que não havia do quê, e começou a dizer aquilo que precisava: que ela não iria de jeito nenhum, mas que o camarote já estava reservado, que iriam Helen, a filha deles e Piétrischev (o juiz de instrução, noivo da filha), e que não se podia deixá-los irem sós. E que para ela seria muito mais agradável ficar com ele. E que não deixasse de seguir, na sua ausência, as prescrições do médico.

— Sim, e Fiódor Pietróvitch (o noivo) também queria entrar. Ele pode? E Lisa também.

— Que entrem.

Entrou a filha, toda ataviada, com o seu jovem corpo desnudado, o mesmo corpo que o fazia sofrer tanto. E ela o exibia. Era forte, sadia, provavelmente apaixonada e indignada com a doença, o sofrimento e a morte, que lhe estorvavam a felicidade.

Fiódor Pietróvitch entrou também, de fraque, cabelo frisado *à la Capoul*, o longo pescoço musculoso apertado no colarinho branco, tendo um imenso peitilho branco também, de coxas fortes comprimidas pelas calças pretas, luva branca numa das mãos e segurando o claque.

Atrás dele, esgueirou-se imperceptivelmente o pequeno ginasiano, de uniforme novinho, coitado, de luvas e com um azul horrível sob os olhos, cuja significação Ivan Ilitch conhecia.

O filho sempre lhe parecia lastimável. E dava medo o seu olhar assustado e compadecido. Ivan Ilitch tinha a impressão de que, além de Guerássim, Vássia era o único a compreender e ter pena.

Todos se sentaram. Tornaram a perguntar pela sua saúde. Seguiu-se um silêncio. Lisa interrogou a mãe sobre o binóculo. Teve lugar uma altercação entre mãe e filha, sobre o tema de quem o fizera sumir e onde. Foi desagradável.

Fiódor Pietróvitch perguntou a Ivan Ilitch se ele já vira Sarah Bernhardt. A princípio, Ivan Ilitch não compreendeu a pergunta, depois disse:

— Não; e você já viu?

— Sim, em *Adrienne Lecouvreur*.

Prascóvia Fiódorovna disse que ela estava particularmente bem num determinado papel. A filha replicou. Começou uma conversa sobre a elegância e toque realístico do seu desempenho: a mesma conversa que sempre ocorre nessas ocasiões.

No meio da conversa, Fiódor Pietróvitch lançou um olhar a Ivan Ilitch e calou-se. Os demais olharam o doente e calaram-se também. Ivan Ilitch dirigia para frente os seus olhos brilhantes, provavelmente indignado com todos. Precisava-se consertar isto, mas não havia nenhum jeito de consegui-lo. Devia-se de algum modo romper aquele silêncio. Ninguém se decidia, e todos estavam com medo de que de repente fosse rompida a mentira decente, e se tornasse claro a todos aquilo que na realidade existia. Lisa foi a primeira a decidir-se. Ela rompeu o silêncio. Queria ocultar aquilo que todos sentiam, mas deixou-o escapar.

— Bem, *se é para se ir*, já está na hora — disse ela, olhando o seu relógio, um presente do pai, e sorriu quase imperceptivelmente para o jovem, com ar significativo, aludindo a algo que só eles conheciam, e levantou-se, o vestido fazendo frufru.

Todos se levantaram, despediram-se e partiram.

Quando eles saíram, Ivan Ilitch teve a impressão de estar aliviado: a mentira desaparecera, saíra com eles, mas ficara a dor. Sempre a mesma dor, sempre o mesmo medo, faziam com que nada fosse mais pesado nem mais leve. Tudo era pior.

Os minutos tornaram a seguir-se a outros minutos, as horas a outras horas, sempre o mesmo, tudo sem fim, e o fim inevitável aparecia cada vez mais terrível.

— Sim, mande cá o Guerássim — respondeu ele a uma pergunta de Piotr.

IX

Sua mulher voltou tarde da noite. Ela entrou nas pontas dos pés, mas ele a ouviu: abriu os olhos e apressou-se a fechá-los de novo. Ela quis mandar embora Guerássim e sentar-se com ele. Ivan Ilitch abriu os olhos e disse:

— Não. Vá dormir.
— Você está sofrendo muito?
— Tanto faz.
— Tome um pouco de ópio.

Ele concordou e ingeriu a poção. Ela saiu.

Até umas três horas, permaneceu num penoso esquecimento. Tinha a impressão de que o estavam empurrando, causando-lhe dor, para dentro de certo saco estreito, negro, profundo, que o empurravam cada vez mais longe e não conseguiam acabar de fazê-lo. E esta operação, terrível para ele, era acompanhada de sofrimento. Ao mesmo tempo, tinha medo, queria cair lá, lutava e ajudava a manobra. Mas eis que, de repente, ele se arrancou dali, caiu e voltou a si. Sempre o mesmo Guerássim está sentado na cama, aos seus pés, cochilando tranquila e pacientemente. E ele está deitado, mantendo sobre os ombros do criado os seus pés emagrecidos, envoltos em meias; estava ali a mesma vela com abajur, e a sua dor incessante era sempre a mesma.

— Vá dormir, Guerássim — murmurou ele.

— Não é nada, vou ficar aqui.

— Não, vá embora.

Tirou os pés da posição elevada, deitou-se de lado sobre o braço e teve pena de si mesmo. Esperou apenas que Guerássim saísse para o quarto vizinho, deixou então de se conter e chorou como uma criança. Chorava a sua impotência, a sua terrível solidão, a crueldade dos homens, a crueldade de Deus, a ausência de Deus.

"Para quê fizeste tudo isto? Para quê me trouxeste aqui? Para quê, para quê me torturas tão horrivelmente?..."

Ele nem esperava resposta, e chorava porque não havia nem podia haver uma resposta. A dor cresceu novamente, mas ele não se movia, não chamava ninguém. Dizia consigo: "Está bem, mais ainda, bate mais! Mas por quê? O que foi que eu Te fiz? Por quê?".

Depois sossegou, deixou não só de chorar, mas suspendeu o fôlego e fez-se todo atenção: era como se ele atentasse não na voz que falava por meio de sons, mas na voz do espírito, na sequência dos pensamentos, que se erguiam nele.

— O que precisas? — foi a primeira noção concreta, possível de ser expressa por meio de palavras, que ele ouviu.

— O que precisas? Precisas do quê? — repetiu para si mesmo. Do quê? — Não sofrer. Viver — respondeu ele.

E novamente, entregou-se todo à atenção a tal ponto tensa que mesmo a dor não o distraía.

— Viver? Viver como? — perguntou a voz do espírito.

— Sim, viver como vivi antes: bem, agradavelmente.

— Como viveste antes, bem e agradavelmente? — perguntou a voz. E ele começou a examinar na imaginação os melhores momentos da sua vida agradável. Mas, fato estranho, todos estes momentos melhores de uma vida agradável pareciam agora completamente diversos do que pareceram então. Tudo, exceto as primeiras recordações da infância. Lá, na infância, existia algo realmente agradável, e com que se poderia viver, se aquilo voltasse. Mas não existia mais o homem que tivera aquela experiência agradável: era como que a recordação sobre alguma outra pessoa.

E apenas começava aquilo que resultara no seu eu atual, Ivan Ilitch, tudo o que parecia então ser alegria derretia-se aos seus olhos, transformando-se em algo desprezível e frequentemente asqueroso.

E quanto mais longe da infância, quanto mais perto do presente, tanto mais insignificantes e duvidosas eram as alegrias. A começar pela Faculdade de Direito. Ali ainda havia algo verdadeiramente bom: havia a alegria, a amizade, as esperanças. Mas, nos últimos anos, esses momentos bons já eram mais raros. Depois, no tempo do seu primeiro emprego, junto ao governador, surgiam de novo momentos bons: eram as recordações do amor a uma mulher. A seguir, tudo isto se baralhava, e sobravam ainda menos coisas boas. Adiante, ainda menos, e, quanto mais avançava, mais elas minguavam.

O matrimônio... tão involuntário, e a decepção, o mau hálito da mulher, a sensualidade, o fingimento! E aquele trabalho morto, e as preocupações de pecúnia, e assim um ano, dois, dez, vinte — sempre o mesmo. E quanto mais avançava a existência, mais morto era tudo. "Como se eu caminhasse pausadamente, descendo a montanha, e imaginasse que a estava subindo. Foi assim mesmo. Segundo a opinião pública, eu subia a montanha, e na mesma medida a vida saía de mim... E agora, pronto, morre!"

"Mas o que é isto? Para quê? Não pode ser. A vida não pode ser assim sem sentido, asquerosa. E se ela foi realmente tão asquerosa e sem sentido, neste caso, para quê morrer, e ainda morrer sofrendo? Alguma coisa não está certa."

"Talvez eu não tenha vivido como se deve — acudia-lhe de súbito à mente. — Mas como não, se eu fiz tudo como é preciso?" — dizia de si para si, e no mesmo instante repelia esta única solução de todo o enigma da vida e da morte, como algo absolutamente impossível.

"E o que tu queres agora? Viver? Viver como? Viver como tu vives no tribunal, quando o meirinho proclama: 'Está aberta a sessão!...' Está aberta a sessão, a sessão" — repetiu consigo. — Aí está o julgamento! Mas eu não tenho culpa! — exclamou com raiva. — Por quê? — parou de chorar e, voltando o rosto para a parede, pôs-se a pensar sempre no mesmo: por quê, por que todo esse horror?

Mas, por mais que pensasse, não encontrou resposta. E quando lhe vinha o pensamento, e vinha-lhe com frequência, de que tudo aquilo ocorria porque ele não vivera como se devia, lembrava no mesmo instante toda a correção da sua vida e repelia esse pensamento estranho.

X

Passaram-se mais duas semanas. Ivan Ilitch não se levantava mais do divã. Não queria ficar deitado na cama e jazia no divã. E deitado quase todo o tempo com o rosto contra a parede, sofria solitário sempre os mesmos tormentos sem escape e pensava solitariamente o mesmo pensar insolúvel. O que é isto? Será, de verdade, a morte? E a voz interior respondia: sim, é verdade. Para quê estes sofrimentos? E a voz respondia: à toa, sem nenhuma finalidade. E nada mais existia além disso.

Desde o início da doença, a partir de quando Ivan Ilitch fora ao médico a primeira vez, a sua existência dividira-se em dois estados de espírito opostos, que se alternavam: ora havia o desespero e a espera de uma morte incompreensível, horrenda, ora a esperança e a observação, repassada de interesse, da atividade do seu corpo. Ora tinha diante dos olhos apenas o rim ou uma tripa que se recusaram por algum tempo a cumprir as suas obrigações, ora unicamente a morte incompreensível, horrenda, da qual não se podia salvar com nada. Desde o início da doença, estes dois estados de espírito se alternavam; mas, quanto mais avançava a doença, mais duvidosas e fantásticas eram as considerações sobre o rim e mais real a consciência da morte que chegava.

Bastava-lhe recordar o que ele fora três meses atrás e o que era agora, lembrar com que regularidade ele descera a montanha, para que se aniquilasse toda possibilidade de esperança.

Nos últimos tempos da solidão em que ele se encontrava, deitado com o rosto contra as costas do divã, daquela solidão em meio à cidade populosa e aos seus numerosos conhecidos e membros da família, solidão que não poderia ser mais absoluta em parte alguma, mesmo no fundo do mar ou no seio da terra, nos últimos tempos dessa terrível solidão, Ivan Ilitch vivia apenas no passado, graças à imaginação. Apareciam-lhe, um após outro, os quadros do seu passado. Isto começava sempre pelo que estava mais próximo no tempo e ia dar sempre no mais distante, na infância, onde se detinha. Se Ivan Ilitch lembrava a ameixa seca cozida, que lhe ofereciam agora para comer, vinha-lhe também à memória a ameixa seca crua francesa, enrugada, da sua infância, o seu gosto peculiar e a abundância de saliva quando se chegava ao caroço, e a par dessa recordação de um sabor, surgia toda uma série de recordações daquela época: a ama-seca, o irmão, os brinquedos. "Não devo pensar nisso... é doloroso demais" — dizia Ivan Ilitch a si mesmo e tornava a transportar-se para o presente. Um botão nas costas do divã e rugas no marroquim. "O marroquim é caro, pouco resistente; foi causa de uma briga. Mas houve também outro marroquim e outra briga, quando rasgamos a pasta de meu pai e fomos castigados, e mamãe trouxe uns *pirojki*." E de novo aquilo detinha-se na infância, e mais uma vez Ivan Ilitch sentia dor e procurava repelir aquelas imagens e pensar em outra coisa.

E de novo ali mesmo, a par desta sequência da recordação, perpassava-lhe no espírito uma outra sequência de lembranças: sobre como se intensificava e crescia a sua doença. Quanto mais voltava para trás, mais vida havia. Havia igualmente mais bondade na existência e mais vida propriamente, também. Ambas se fundiam. "Assim como os tormentos se tornam cada vez piores, também toda a vida se tornava cada vez pior" — pensou ele. Havia um ponto luminoso alhures, atrás, no começo da vida, e depois tudo se tornava cada vez mais negro e cada vez mais rápido. "Na razão inversa dos quadrados da distância para a morte" — pensou Ivan Ilitch. E esta imagem da pedra caindo para baixo com velocidade crescente calou-lhe no espírito. A vida, uma série de tormentos em crescendo, voa cada vez mais veloz para o fim, para o mais terrível dos sofrimentos. "Eu voo..." Estremecia, mexia-se, queria opor-se; mas já sabia que não se podia opor resistência, e novamente, com olhos cansados de fitar, mas impossibilitados de não olhar aquilo que estava diante deles, fitava as costas do divã e esperava: esperava essa terrível queda, empurrão e aniquilamento. "Não se pode resistir — dizia de si para consigo. — Mas se pudesse ao menos compreender para quê isto. E também é proibido. Seria possível explicar, se se dissesse que eu não vivi como se devia. Mas é impossível admiti-lo" — dizia a si mesmo, lembrando toda a legitimidade, exatidão e decência da sua vida. "É impossível admiti-lo — dizia, sorrindo com os lábios, como se alguém pudesse ver este seu sorriso e ser enganado por ele. — Não há explicação! O sofrimento, a morte... Para quê?"

XI

Assim se passaram duas semanas. Nessas semanas, teve lugar o acontecimento desejado por Ivan Ilitch e sua esposa: Piétrischev fez um pedido formal de casamento. Isto ocorreu à noitinha. No dia seguinte, Prascóvia Fiódorovna entrou no quarto do marido, pensando em como lhe comunicar o pedido de Fiódor Pietróvitch, mas nessa mesma noite Ivan Ilitch sofrera nova piora. Prascóvia Fiódorovna encontrou-o no mesmo divã, mas numa nova posição. De costas, gemia e dirigia para frente o seu olhar parado.

Ela se pôs a falar de remédios. Ele transferiu o seu olhar para a mulher. Esta não acabou de dizer o que começara: tamanha era a raiva justamente contra ela, expressa nesse olhar.

— Pelo amor de Jesus Cristo, deixe-me morrer em paz — disse ele.

Ela já queria sair, mas nesse instante entrou a filha e veio dizer bom dia. Olhou para a filha do mesmo jeito que olhara a mulher, e respondeu às suas perguntas sobre como ia passando que em breve haveria de livrá-los todos da sua presença. Ambas se calaram, ficaram um pouco sentadas e saíram.

— Que culpa temos nós? — disse Lisa à mãe. — Como se tivéssemos sido nós que fizemos isto! Tenho pena de papai, mas por que precisa atormentar-nos?

Na hora do costume, chegou o médico. Ivan Ilitch respondia-lhe: "sim, não", não tirando dele o olhar raivoso, e finalmente disse:

— Bem que o senhor sabe que não vai ajudar em nada; portanto, deixe tudo.

— Podemos aliviar o sofrimento — disse o doutor.

— Também isto não pode; deixe.

O doutor passou à sala de visitas e comunicou a Prascóvia Fiódorovna que as coisas iam muito mal e que só havia um recurso, o ópio, para aliviar o sofrimento, que devia ser terrível.

O doutor dizia que os sofrimentos físicos dele eram terríveis, e dizia verdade; mas os seus sofrimentos morais eram mais terríveis que os físicos, e nisso consistia a sua tortura maior.

Os seus sofrimentos morais consistiam em que, aquela noite, ao olhar o rosto sonolento, bonachão, de maçãs salientes, de Guerássim, acudiu-lhe de súbito à mente: "E o que será se realmente toda a minha vida, a minha vida consciente, tiver sido 'outra coisa'?".

Veio-lhe à mente: podia ser verdade aquilo que lhe parecera antes uma impossibilidade total, isto é, que tivesse vivido a sua existência de maneira diversa da devida. Veio-lhe à mente que as suas veleidades quase imperceptíveis de luta contra aquilo que as pessoas mais altamente colocadas consideravam correto, veleidades quase imperceptíveis que ele imediatamente repelia, podiam ser justamente as verdadeiras, e tudo o mais ser outra coisa. O seu trabalho, o arranjo da sua vida, a sua família, e esses interesses da sociedade e do serviço, tudo isto podia ser outra coisa. Tentou defender tudo isto perante si. E de repente sentiu toda a fraqueza daquilo que defendia. E não havia o que defender.

"E se isto é assim — disse ele consigo — e eu parto da vida com a consciência de que destruí tudo o que me foi dado, se não se pode mais corrigi-lo, que fazer então?" Deitou-se de costas e pôs-se a examinar toda a sua vida de maneira completamente diversa. Quando ele viu de manhã o criado, depois a mulher, em seguida a filha, o médico, cada um dos movimentos deles, cada uma das suas palavras confirmavam para ele a terrível verdade que se revelara naquela noite. Via neles a si mesmo, tudo aquilo de que vivera, e via claramente que tudo aquilo era não o que devia ser, mas um embuste horrível, descomunal, que ocultava tanto a vida como a morte. A consciência disso aumentou, decuplicou os seus sofrimentos físicos. Ele gemia, revolvia-se e repuxava a roupa, tinha a impressão de que ela o apertava e sufocava. E ele odiava-os por isso.

Deram-lhe uma dose grande de ópio, ele ficou inconsciente; mas, na hora do jantar, tudo recomeçou. Repelia a todos e revolvia-se de um lado a outro.

A mulher foi até ele e disse:
— *Jean*, meu querido, faça isso por mim (por mim?). Isso não pode fazer mal, e muitas vezes ajuda. Ora, não é nada. Mesmo gente sadia muitas vezes...
Ele arregalou os olhos.
— O quê? Receber a comunhão? Para quê? Não é preciso! Aliás...
Ela rompeu em pranto.
— Sim, meu bem? Vou chamar o nosso, ele é tão simpático.
— Ótimo, muito bem — disse ele.
Depois que veio o sacerdote e confessou-o, ele amoleceu, sentiu uma espécie de atenuamento das suas dúvidas e, consequentemente, dos seus sofrimentos, e desceu sobre ele um minuto de esperança. Pôs-se novamente a pensar sobre o ceco e a possibilidade de consertá-lo. Comungou com os olhos rasos d'água.
Quando o deitaram depois da comunhão, sentiu-se aliviado por uns instantes, e novamente apareceu-lhe uma esperança de viver. Começou a pensar sobre a operação que lhe propunham. "Viver, quero viver" — dizia consigo mesmo. A mulher veio dar-lhe os parabéns; disse as palavras costumeiras e acrescentou:
— Não é verdade que está melhor?
Sem olhá-la, ele disse: sim.
O traje dela, a sua compleição, a expressão do rosto, o som da sua voz, tudo lhe dizia somente: "Não é isso. Tudo aquilo de que viveste e de que vives é uma mentira, um embuste, que oculta de ti a vida e a morte". E apenas ele pensou isso, ergueu-se nele o seu ódio e, a par do ódio, penosos sofrimentos físicos, e a par destes, a consciência da sua perdição próxima, inevitável. Apareceu-lhe algo novo: aquilo girava, dava pontadas, comprimia-lhe a respiração.
A expressão do seu rosto quando dissera "sim" fora terrível. Tendo dito aquilo, e fitando-a bem no rosto, ele virou-

-se de bruços, com um gesto incomum para o seu estado de fraqueza, e gritou:
— Vão embora, vão embora, deixem-me!

XII

A partir desse instante, começaram aqueles gritos, que duraram três dias a fio, e que eram tão terríveis a ponto de não se poder ouvi-los sem um sentimento de horror, mesmo atrás de duas portas. No mesmo instante em que respondia à mulher, compreendeu que estava perdido, que não havia regresso possível, que chegara o seu fim, o seu fim completo, e a dúvida não estava resolvida, sempre permanecia como dúvida.

— U! Uu! U! — gritava ele com diferentes entonações. Começara a gritar: "Não quero!" — e prolongou a sílaba naquele grito "Não quéru!".

No decorrer de todos aqueles três dias, quando o tempo não existia para ele, ficou estrebuchando no saco negro para o qual o empurrava uma força invisível e invencível. Debatia-se como um condenado à morte debate-se nas mãos do carrasco, sabendo que não tem salvação; e a cada momento ele sentia que, não obstante todo o esforço na luta, ele estava cada vez mais perto daquilo que o horrorizava. Sentia que o seu sofrimento consistia também em que ele penetrava naquela fossa negra, e ainda mais em que não podia esgueirar-se para dentro dela. E o que o impedia de fazê-lo era a convicção de que a sua vida fora boa. Esta justificação da sua vida é que se agarrava a ele, não o deixava prosseguir e atormentava-o mais que tudo.

De repente, certa força empurrou-lhe o peito, o lado, comprimiu-lhe com mais força ainda a respiração, ele caiu na fossa, e lá, no fundo, algo alumiou. Ocorreu com ele aquilo que lhe acontecia no vagão ferroviário, quando se pensa que se cai para frente, mas se está retrocedendo, e de repente se percebe a verdadeira direção.

"Sim, era tudo outra coisa — disse a si mesmo — mas não faz mal. Pode-se, pode-se fazer 'aquilo'. Mas o quê?" — perguntou a si mesmo e, de repente, se calou.

Isso foi no fim do terceiro dia, uma hora antes da sua morte. Foi justamente então que o pequeno ginasiano esgueirou-se, sem fazer ruído, até o pai e acercou-se da sua cama. O moribundo não cessava de gritar desesperado, agitando os braços. A sua mão tocou a cabeça do pequeno ginasiano. Este agarrou-a, apertou-a contra os lábios e chorou.

E justamente então Ivan Ilitch caiu no fundo, viu a luz e percebeu que a sua vida não fora o que devia ser, mas que ainda era possível corrigi-lo. Perguntou a si mesmo: "mas o que é 'aquilo'?" — e silenciou, o ouvido atento. Sentiu então que alguém lhe beijava a mão. Abriu os olhos e dirigiu-os para o filho. Teve pena dele. A mulher aproximou-se. Olhou-a. Ela também o olhava, a boca aberta, uma expressão de desespero e tendo lágrimas não enxugadas sobre o nariz e a face. Teve pena dela.

"Sim, eu os atormento — pensou. — Eles têm pena de mim, mas estarão melhor, depois que eu morrer." Quis dizer isso, mas não teve força. "Aliás, para quê falar, é preciso agir" — pensou. Indicou o filho com os olhos e disse à mulher:

— Leve-o daqui... dá pena... e você também... — Quis dizer, ainda, "perdoe-me", mas disse "deixe-me passar",[21] e não tendo mais força para corrigir o lapso, esboçou um gesto de renúncia, sabendo que seria compreendido por quem importava.

E de repente, percebeu com clareza que aquilo que o atormentara e não o deixava, estava de repente saindo de

---

[21] Em russo: "prosti" e "propusti", respectivamente. (N. do T.)

uma vez, de ambos os lados, de dez lados, de todos os lados. Eles dão pena, é preciso fazer com que não sofram. Libertá-los e libertar a si mesmo desses tormentos. "Como é bom e como é simples — pensou. — E a dor? — perguntou em seu íntimo. — Para onde foi? Eh, onde estás, minha dor?"

Prestou atenção.

"Sim, ei-la. Ora, e então? Que seja a dor."

"E a morte? Onde está?"

Procurou o seu habitual medo da morte e não o encontrou. Onde ela está? Que morte? Não havia nenhum medo, porque também a morte não existia.

Em lugar da morte, havia luz.

— Então é isto! — disse de repente em voz alta. — Que alegria!

Tudo isso lhe aconteceu num instante, e a significação desse instante não se alterou mais. Mas, para os presentes, a sua agonia ainda durou duas horas. Algo borbulhava-lhe no peito; o seu corpo extenuado estremecia. Depois, o borbulhar e o rouquejar tornaram-se cada vez mais espaçados.

— Acabou! — disse alguém por cima dele.

Ouviu essas palavras e repetiu-as em seu espírito. "A morte acabou — disse a si mesmo. — Não existe mais."

Aspirou ar, deteve-se em meio do suspiro, inteiriçou-se e morreu.

Posfácio
TRADUZIR *A MORTE DE IVAN ILITCH*

Boris Schnaiderman

Eis, sem dúvida, uma temeridade. Mas, o que seria da tradução se não fossem a ousadia, o atrevimento até, dos que se aventuram nesse caminho? Que isso não sirva de estímulo aos arrivistas, mas o escrúpulo, o cuidado com o texto, não dispensam uma boa dose de coragem.

Lembro-me agora de uma conversa com Paulo Rónai, que ficou recordando com muita saudade a sua primeira leitura desta novela, "a mais perfeita (dizia ele) que já se escreveu".

Ela me causa até hoje o mesmo encantamento a cada releitura, e foi o caso desta que fiz ao preparar a presente retradução (meu texto anterior saíra em 1962 pela Boa Leitura, de São Paulo, na coletânea organizada por mim, *Três novelas Leão Tolstói* — a ausência de preposição ia por conta da editora; depois, houve uma edição pela Ediouro e, se não me engano, mais uma ou várias pelo Círculo do Livro, mas a prática mais corrente em nosso meio editorial na época me impediu então qualquer controle sobre esse meu trabalho).

Todavia, apesar do encantamento com que a reli agora, fico vacilando em acompanhar a asserção de Paulo Rónai. Que pena, ele não estar mais conosco para uma nova conversa sobre esta sua escolha! E vacilo justamente por causa de outras obras de Tolstói nesse gênero, e poucas mais, de outros autores.

Depois dos vastos panoramas de *Guerra e paz* (1865-1869), embora construídos em mosaico, em montagem de episódios, e da contundente abordagem da vida familiar e da relação entre os sexos, que há em *Anna Kariênina* (1875-1877), a par de sua plena realização no conto, sobretudo com "Depois do baile" (1903), Tolstói se empenhou muito em continuar escrevendo os seus contos populares e os textos doutrinários. Nessa fase, a literatura e a arte em geral que não tivessem um propósito de conscientizar o destinatário pareciam-lhe algo muito condenável, conforme afirmou com insistência. E ao mesmo tempo, ele se sentia atraído, fascinado por essa realização.

Que o digam os textos preparatórios da novela *Khadji-Murát* (1896-1904), que talvez seja mais correto considerar um romance curto. Ali, trechos e mais trechos de veemente argumentação ideológica foram suprimidos pelo autor porque não cabiam numa obra deliberadamente menos extensa, conforme expus, com mais pormenores, no prefácio a minha tradução desse texto.[1] Após a morte de Tolstói, encontraram-se 2.166 páginas de rascunhos seus para essa obra, que tem, ao todo, cerca de 130 páginas impressas.

As novelas resultavam, na realidade, de um conflito angustiante entre o artista e o doutrinador, e os momentos mais felizes surgiam certamente quando o primeiro triunfava.

A morte de Ivan Ilitch (1886) é um exemplo flagrante disso. O propósito aliciante do autor se evidencia claramente no final, com a luz que surge a Ivan Ilitch moribundo e, principalmente, com a aparição do criado Guerássim, a personalização das virtudes populares, mas nada disso é piegas, e dificilmente se encontrará em literatura outro texto em que o passamento de alguém seja expresso com tamanha dignidade. Tem-se aí certamente a mesma contenção que o levou a eliminar de *Khadji-Murát* trechos magnificamente realizados.

Essa contenção vai a par de um domínio absoluto do material trabalhado e que ele considerava indispensável para a

---

[1] Leão Tolstói, *Khadji-Murát*, São Paulo, Cultrix, 1986 [nova edição: São Paulo, Editora 34, 2017].

plena realização de uma obra. Não foi por acaso, por exemplo, que, depois de ler o conto "Vinte e seis e uma" (1899) do jovem Maksim Górki, ele observou a este que o forno da padaria em que se passava a ação estava em lugar errado.

Devido ao apuro nos pormenores, um tradutor desta novela tem de suar frio com os termos jurídicos que aparecem nas cenas de tribunal e com o léxico de carteado, quando se trata dos momentos de desafogo do personagem (aliás, pude contar aqui com a ajuda valiosa dos revisores da editora).

Essa execução perfeita tem muito a ver não só com o seu domínio da linguagem, mas também com o senso de equilíbrio na composição, que atinge realmente o máximo na estruturação desta novela. Se ele se orgulhava disso a propósito de *Anna Kariênina*, conforme se expressou numa carta,[2] mais razão ainda teria com o que obteve depois, em *A morte de Ivan Ilitch*. E tudo isto certamente atinge o leitor com muito mais força do que os seus escritos doutrinários ou mesmo as obras de ficção em que o autor prega suas ideias com insistência.

Toda a miséria da sociedade burguesa aparece então com uma veemência rara, ficando-se com a impressão de que ele está tratando de nossa vida hoje e não dos russos do final do século XIX.

Aliás, a execução estilística também está marcada por essa contenção e equilíbrio. Aqui, estamos bem longe dos períodos quilométricos que aparecem em *Guerra e paz* e *Anna Kariênina*. Afinal, não foi por acaso que Rubens Figueiredo, ao traduzir *Anna Kariênina* para o português, encontrou um período com 148 palavras.[3] E também, em termos de repetições, o que temos é sobretudo uma insistência em "Ivan Ilitch", e que fiz questão de conservar em minha tradução, mas, de modo geral, o fraseado é bem simples e enxuto.

[2] Carta a S. A. Ratchínski, em 1878.

[3] Rubens Figueiredo, "Duas famílias em uma só", prefácio à sua tradução de *Anna Kariênina*, São Paulo, Cosac Naify, 2005, p. 11.

Ao mesmo tempo, se a construção sintática é bastante despojada, ela não chega aos extremos que se encontram nos seus contos populares. Chegou-se até a afirmar que a sua dedicação a esse gênero se devia a um cansaço em relação ao romance psicológico, tal como era praticado no século XIX.[4] Esta singeleza de expressão era o resultado de uma luta pertinaz com a palavra, conforme se constata sobretudo em seu diário. Assim, já no início de sua atividade literária, afirmava com ênfase, expressa por ele com o itálico: "*Regra. Chamar as coisas pelo nome*".[5] E aos vinte e cinco anos, comentava assim *A cabana do Pai Tomás* (1852), de Harriet Beecher Stowe: "Lendo o relato de certa dona de casa inglesa, fiquei impressionado com o direto de seus procedimentos, que eu não tenho e para cuja obtenção preciso trabalhar e ficar observando".[6]

A morte de Ivan Ilitch está aí para testemunhar a sua vitória, nessa luta de tantos anos. E assim como ele dizia após a leitura de um dos contos de Tchekhov que este o deixara mais inteligente, podemos afirmar: esta novela certamente nos torna mais inteligentes e mais humanos.

---

[4] Ver meu prefácio a Máximo Górki, *Leão Tolstói*, São Paulo, Perspectiva, 1983, tradução de Rubens Pereira dos Santos, bem como, no mesmo livro, em apêndice, de Boris Eikhenbaum, "Sobre Leão Tolstói" e "Sobre as crises de Leão Tolstói", além do livro de Nina Gourfinkel, *Tolstoï sans tolstoïsme*, Paris, Seuil, 1946.

[5] Anotação em 17/1/1851.

[6] Anotação em 5/11/1853. A suposição de que se trata da escritora norte-americana Harriet Beecher Stowe se deve a K. N. Lomunov, autor da notável coletânea *Lev Tolstói ob iskústvie i litieratúrie* (Lev Tolstói sobre arte e literatura), Moscou, Editora Soviétski Pissátiel (Escritor Soviético), 1958, 2 volumes. Tive com essa coletânea acesso a muitos materiais que me foram extremamente valiosos.

Apêndice
SOBRE TOLSTÓI E *A MORTE DE IVAN ILITCH*[1]

Paulo Rónai

Pela sua obra, pelas suas ideias, pela sua ação, Tolstói agitou como ninguém a sua época e deixou um sulco profundo na História. Entre seus livros, *A morte de Ivan Ilitch* é um dos mais importantes, embora de extensão reduzida. Para melhor compreender-lhe a significação, devemos encará-lo colocado dentro da vida e da obra do escritor.

Membro da mais alta aristocracia russa, o Conde Lev Nikoláievitch Tolstói nasceu em 1828, na quinta familiar de Iásnaia Poliana, perto de Tula. Tendo perdido os pais muito cedo, foi criado por tias. Em 1844 matriculou-se na Universidade de Kazan, onde não se distinguiu por especial aplicação: reprovado em mais de um exame, mudando de Faculdade sem mudar de zelo, levou por vários anos a vida dos estudantes ricos no meio de jogos e farras, posto de vez em quando procurasse, por influência de suas leituras, impor-se um programa de trabalho e disciplina. Mas em 1847 acabou abandonando definitivamente os estudos e daí em diante, até 1851, encontramo-lo ora na sua herdade ora em Tula ou São Petersburgo, caçando, jogando cartas, bebendo, levando vida de sociedade, porém cada vez mais convencido da inanidade da sua existência e ansioso de vê-la tomar novo rumo.

Em 1851 principia a sua carreira de oficial ao lado do irmão Nikolai, no exército do Cáucaso, onde, em contato

---

[1] Texto originalmente publicado, sem título, como introdução ao volume 184 da Coleção Saraiva, *A morte de Ivan Ilitch*, tradução de Gulnara Lobato de Morais Pereira, São Paulo, Saraiva, 1963.

com a natureza e com os soldados que comanda, se lhe afinam as tendências para a observação e a autoinspeção, e o isolamento o leva a escrever suas primeiras obras, *Infância* (1852) e *Adolescência* (1853), as quais, seguidas, alguns anos mais tarde, de *Juventude*, já revelam uma forte personalidade, estranhamente amadurecida. *Contos de Sebastópol*, narrativa antirromântica do famoso assédio, de que ele mesmo participou entre os defensores da fortaleza, e *Os cossacos*, elaborado com suas reminiscências do Cáucaso, classificaram-no definitivamente entre os grandes escritores do país. Desgostoso com a profissão das armas, em virtude das suas experiências de guerra, demitiu-se do exército em 1856. Várias viagens pelo Ocidente, enquanto não o fizessem preferir a França ou a Alemanha à sua pátria, abriram-lhe os olhos para a realidade na Rússia, onde naquela altura se procedia à libertação dos servos.

Por volta de 1860, instala-se definitivamente em Iásnaia Poliana, onde passaria meio século. Antes de suas viagens já principiara a interessar-se pela vida dos camponeses. Aproveitou a permanência no Ocidente para estudar os métodos de ensino e, de volta à sua propriedade, nela criou uma escola rural. Dedicou-se de corpo e alma à educação dos seus mujiques, chegando a escrever livros de leitura para o uso deles. Em 1862 casa-se com Sófia Andréievna Behrs, a companheira e colaboradora dedicada que lhe dará quinze filhos. De 1864 a 1869 trabalha em *Guerra e paz*, monumental romance escrito em apoio de uma tese histórico-filosófica (a nenhuma influência do indivíduo nos acontecimentos da história), mas no qual a força da inspiração se sobrepõe ao intuito didático. Nessa poderosa reconstrução da Rússia do começo do século temos ao mesmo tempo a epopeia napoleônica narrada com vigor nunca igualado, mas vista pelo avesso. A visão nova de um dos maiores acontecimentos da história universal, a multidão de destinos humanos cruzando-se, a aguda análise das paixões, a descrição minuciosa de um mundo estranho, rude e misterioso, a beleza arquitetônica da construção e a inteira naturalidade da narração conquistaram, depois dos leitores e dos críticos russos, o público europeu. O segundo grande romance do autor, *Anna Kariênina* (1875-1877), não decepcionou a expectativa geral: sem a monumentalidade da obra precedente e sem aquela serenidade épica, o escritor ainda oferece aqui, contudo, um vasto afresco da vida da sociedade nacional da sua época com, em primeiro plano, um drama de adultério magistralmente dissecado.

Havia em ambos os grandes livros da maturidade protagonistas incessantemente preocupados com o sentido da existência, atormentados por um vazio íntimo que desesperadamente procuravam encher: eram, precisamente, as personagens em quem o romancista mais pusera de si mesmo. Desde *Anna Kariênina*, tais inquietações pareciam estender-se das criaturas ao criador, até encontrarem expressão direta em *Confissão* (redigida em 1879 e publicada em 1882), onde, numa impiedosa autocrítica, Tolstói condena todo o seu passado, sem poupar a sua atividade literária. Seguem-se os panfletos *Crítica da teologia ortodoxa* e *Minha religião*, com violentos ataques à Igreja Ortodoxa, e *Que devemos fazer?*, em que se denunciam os efeitos deletérios da civilização, a insensibilidade dos ricos, a culpabilidade dos governos em manterem o sistema da propriedade. A este opõe Tolstói sua própria doutrina, espécie de comunismo místico aliado à teoria da não-resistência ao mal e à fé no amor, e de repercussão enorme na época e efeitos os mais variados. Enquanto seu apostolado o põe em conflito com a esposa e os filhos, tornando-o um solitário no meio dos seus, Iásnaia Poliana atrai centenas de tolstoianos, adeptos nem sempre bem compenetrados dos ideais do seu guia. Os livros deste revestem caráter cada vez menos literário e mais polêmico; as obras inspiradas por um instinto artístico insopitável, mais forte que as teorias do apóstolo, permanecem inéditas em razão de escrúpulos éticos. Só formam exceção os *Contos para o povo*, de tom patriarcal, e o drama *O poder das trevas*, salvos da condenação do autor pela evidente intenção moralizadora, assim como *A morte de Ivan Ilitch* (1886). Juiz cada vez mais intransigente dos costumes, Tolstói, depois de condenar o amor adulterino, chega, em *A Sonata a Kreutzer*, a meio caminho entre obra de arte e diatribe, a exprobrar mesmo dentro do casamento o contato sexual que não visa a reprodução. Numa etapa seguinte, em *O que é arte?*, seu fervor leva-o a rejeitar toda arte desinteressada e a renegar os ídolos da sua juventude, entre eles Shakespeare e Beethoven. Enquanto isto, exerce uma ação pública de extrema amplitude, fazendo-se o paladino dos injustiçados e dos perseguidos dentro e fora do seu país. Os olhos da Europa inteira estão fixados em Iásnaia Poliana, de onde muitos aguardam a luz de uma nova mensagem. O último romance publicado em vida do autor, *Ressurreição* (1899), em que pela derradeira vez refulge o brilho do gênio, é de caráter nitidamente messiânico e vale ao escritor a excomunhão pelo Santo Sínodo. O protagonista desse livro é um aristocrata que, na contingência de julgar, como membro do júri, uma prostituta acusada de ter matado um de seus conhecidos, nela reconhece a criadinha a quem seduzira anos antes; não podendo salvá-la, oferece-se, sob ação do remorso, a desposá-la e acompanha-a à Sibéria para onde a degredam.

Os últimos anos do escritor passam-se em dolorosa luta com a família e consigo mesmo, pois a oposição que julga existir entre suas ideias e sua vida não lhe dá descanso e fá-lo conceber o plano de romper todas as ligações com o ambiente, abandonar a família, renunciar a todos os seus bens e retirar-se a um mosteiro. Após dramáticas hesitações, foge efetivamente de casa em 28 de outubro de 1910, recolhe-se a um convento, de onde sai para outro, e morre na estaçãozinha ferroviária de Astápovo em 20 de novembro de 1910.

Em sua biografia de Tolstói, Romain Rolland — que se correspondia com o romancista durante a fase final da existência deste — conclui que a grandeza do biografado reside menos em suas teorias (expressão de um vago misticismo social que nunca chegou a constituir um sistema coerente) do que na sinceridade de seus esforços para atingir a justiça, na constante união da vida e da arte em suas obras. "Um profeta é um utopista" — escreve ele. — "Desde sua vida terrestre participa da vida eterna. Que essa aparição nos tenha sido concedida, que víssemos entre nós o último dos profetas, que o maior dos nossos artistas tivesse esta auréola na fronte — esse fato, parece-me, é mais original e de importância maior para o mundo que uma religião a mais ou uma nova filosofia."

* * *

Da novela não há uma definição universalmente aceita, que a diferencie do conto, por um lado, e do romance, por outro. Mas talvez se possa afirmar que entre o conto e a novela a diferença é sobretudo quantitativa, enquanto entre esta e o romance é principalmente estrutural. Há na novela uma unidade substancial, a convergência da atenção sobre uma única sequência de eventos, a predominância de um problema central, ao passo que o romance se caracteriza por uma multiplicidade de planos, uma mistura de elementos heterogêneos, uma dispersão do interesse. *A morte de Ivan Ilitch* pode ser considerada o protótipo da novela: o enredo identifica-se com o assunto, que é o tema central por excelência de toda literatura e impede qualquer desvio do interesse. Talvez um exame das maiores novelas de todas as nações viesse a mostrar que, de uma ou de outra maneira, elas se cristalizaram todas em redor de um núcleo análogo — mas, de todas, a narrativa de Tolstói nos parece a mais perfeita e a mais vigorosa, talvez por ter como argumento a própria morte sem rodeios nem disfarces, a transformação gradual de um homem vivo como todos nós em cadáver.

* * *

Como vimos, *A morte de Ivan Ilitch*, embora composta depois de *Confissão*, não ficou inédita em vida do autor, o que faz supor que este a considerava portadora de alguma mensagem, de algum ensinamento importante. É provável que desejasse ajudar os leitores, gravando-lhes na alma a imagem inesquecível de uma agonia, a sempre terem presente ao espírito a lembrança da morte. (Um ano depois de publicada a novela, Tolstói, atacado de grave enfermidade, que julgava incurável, escreveria à Condessa Aleksandra Tolstói, sua tia, que "nenhum homem que tem a infância atrás de si deveria esquecer-se da morte por um só minuto, tanto mais quanto a sua espera constante não só não envenena a vida, mas lhe empresta firmeza e claridade".) Uma lição especial parece contida nos últimos instantes de Ivan Ilitch, quando os sentimentos de ódio e rancor desaparecem de repente da alma do moribundo para cederem lugar à compreensão dos sofrimentos dos vivos e a uma profunda compaixão. Essa modificação radical do ser íntimo de Ivan Ilitch, sobrevinda segundos antes do seu falecimento, dilui a dor e apaga a morte.

Essa lição, porém, não é óbvia. Tão forte é a sensação de espanto evocada e transmitida pelo autor, que esquecemos tratar-se do caso de um homem que expia as mentiras de uma vida vazia (como o aponta num comentário Lev Tolstói Filho) e ficamos com a impressão de que todo morrer é horrível e a única realidade do nosso mundo é a morte. As palavras finais são bastante ambíguas para autorizar tal interpretação. O drama resulta em catarse, mas não resolve medos e dúvidas.

Entre as glosas dos exegetas desorientados, atenção especial cabe à de Merejkóvski, feita ainda em vida do autor: "Se hoje temos da morte um medo vergonhoso, como nunca a humanidade o sentira, se diante dela ficamos tomados de um arrepio gelado que nos atravessa o corpo e a alma e nos coagula o sangue nas veias, (...) tudo isso devemo-lo em grande parte a Tolstói".

O crítico atribui a constante preocupação do romancista com a morte a uma cisão em sua alma, alma que teria nascido pagã. A natureza inconsciente de Tolstói era mais profunda que a natureza consciente e durante a primeira metade da vida do escritor dominou-a; depois, a consciência sobrepujou o inconsciente: e "Tolstói decidiu odiar e perder a própria alma para salvá-la". Mas, ao saírem-lhe das mãos, apesar de todos os esforços da inteligência, suas obras deixam ainda transparecer o paganismo inato.

Em todo o caso, a história é das que marcam o leitor e nunca mais lhe fogem da memória. Para se embeber de tamanha força dramática, cumpria que ela estivesse ligada a alguma experiência decisiva do próprio narrador. Ora, o estudo da vida de Tolstói revela-nos o papel impressionante que a ideia da morte desempenha ao longo de toda a evolução daquele espírito. Pela primeira vez, ela se apoderou dele ante o ataúde do irmão, em 1860, o qual, ao sentir-se morrer, "perguntou num murmúrio: — Que é isso? Ele sentira a própria passagem para o nada". Anos após, sobreveio a memorável "noite de Arzamas", quando, pousando num quarto de hotel e presa de insônia, o escritor, no apogeu da glória, da saúde e da força criadora, teve de repente a intuição da inutilidade de todas as suas afeições, ambições e atividades. Tudo aquilo perdera a importância: só existia a morte, que, a cada minuto, adiantava dentro dele a sua obra destruidora. Uma terceira crise, mais forte que as outras, foi aquela que o levou a escrever *Confissão* e a renegar toda a sua vida anterior; por essa época, o pensamento de que um dia cessaria de existir tirava, a seus olhos, todo o sentido à vida, de modo que passou meses beirando o suicídio.

Depoimentos de parentes e amigos confirmam as confidências do romancista: a morte era para ele uma obsessão. Segundo relata seu filho Iliá, Tolstói fazia questão de conhecer as menores particularidades do passamento de seus amigos, dando a impressão de ter à morte um verdadeiro culto, uma espécie de amor. Outro filho, Lev, ratifica o testemunho do irmão, embora dando outra explicação daquela ideia fixa: "Embora durante trinta e cinco anos não deixasse de falar um só dia na morte, meu pai não a desejava, temia-a e fazia tudo para adiá-la". Górki informa que, diante dele e de Tchekhov, Tolstói afirmou certa vez que, "depois que um homem aprende a pensar, pensa sempre na própria morte, pouco importa em que esteja pensando. Todos os filósofos fizeram assim. E que verdade pode haver uma vez que existe a morte?".

Naturalmente a obsessão do homem havia de refletir-se na obra. Para só falarmos em livros anteriores à nossa novela, desde *Infância*, em que uma criancinha contempla aterrada a mãe morta, através de *Sebastópol*, com suas alucinantes cenas de agonia no campo de batalha, e do conto "Três mortes", até o demorado esvair-se do Príncipe Andrêi em *Guerra e paz* e o fim pungente de Lióvin em *Anna Kariênina*, Tolstói aproveita todas as oportunidades para descrever pormenorizadamente o trespasse de seus heróis, tornando-se assim, de certo modo, um especialista da morte na literatura. Halpérine, tradutor para o francês de *A morte de Ivan Ilitch*, ficou tão impressionado com o predomínio desse assunto nas obras do escritor que juntou à novela cinco cenas de agonia extraídas de outros livros seus e publicou sob o título *A morte* essa antologia sem precedentes na história literária.

Não é, pois, de estranhar a palpitação inconfundível das confissões mais íntimas que se percebe por trás dessas páginas na aparência tão impassíveis. A não ser isso, como poderíamos ficar empolgados pela saúde de Ivan Ilitch? Com efeito, que interesse pode despertar esse frio e pedante burocrata, essa personagem sem personalidade, de uma vida banal, inteiramente presa a conveniências sociais, e cuja doença e morte são também as mais vulgares possíveis? Sim, mas há no fundo desse enredo quase inexistente algo que concerne ao autor como a nós todos, algo contingente e universal.

A contar do momento em que a morte o designa como um dos seus, Ivan Ilitch, sem embargo de seu caráter gregário, passa a ser excluído tacitamente da comunhão dos vivos e acaba emparedado na solidão mais terrível. Esse homem que na vida nada teve realmente seu, nem as suas afeições, nem os seus hábitos, nem sequer as suas palavras, adquire de chofre algo que é só dele, não obstante todos os seus esforços para fazer os outros participarem da sua agonia. Basta ele ser marcado pelo sinal do próximo fim, e já a conspiração do silêncio se lhe adensa em redor; a consciência coletiva recusa-se a admitir em seu caso um acidente universal, e encara-o, hipocritamente, como um acaso exótico e de todo inverossímil.

Nunca se teve coragem de mostrar com objetividade tão inexorável a cínica hostilidade, a repulsiva maçonaria dos vivos para com os mortos. Eis por que, a despeito da forte cor local, o óbito do desinteressante magistrado transcende a Rússia do século XIX e transforma-se num drama patético de todos os meios e de todas as épocas.

Imanente e, no entanto, inseparável do momento e do ambiente, a novela contém um quadro terrivelmente cruel da vida da alta burguesia russa. Submetido ao lento desgaste da agonia, Ivan Ilitch passa involuntariamente revista a toda a sua vida anterior, e, como Brás Cubas, embora por um artifício menos grotesco, procede a uma revisão de todos os valores de seu passado. Desse processo se utiliza o escritor para aplicar impiedosa crítica a toda uma forma de viver, a uma série de práticas sociais que visam unicamente as aparências e não satisfazem as nossas íntimas necessidades de amor e comunhão.

Abandonado pela família e pelos amigos, o doente já não está mais preso à humanidade senão por um único elo: o seu ignorante e humilde criado Guerássim. Somente este consegue, graças à sua atitude natural em face da vida e da morte, trazer algum alívio ao moribundo. Essa figura, segundo depoimento de Leskov, ter-se-ia originado numa famosa frase de Dostoiévski, o qual, arguido por uma dama sobre aquilo em que o homem russo era superior ao ocidental, mandou-a perguntá-lo ao seu "mujique de cozinha": este havia de ensinar-lhe a arte de viver e a de morrer. Guerássim enquadra-se na série de comparsas modestos, tão frequentes na literatura russa, que dão aos intelectuais mais requintados lições de resignação em frente ao destino. Um deles é o pobre mujique Platón Karatáiev, cujo encontro modifica, em *Guerra e paz*, toda a filosofia do Príncipe Pierre; outro, mas esse na vida real, o cavouqueiro Sutáiev, cuja doutrinação tanto influiu na conversão do próprio Tolstói.

Seria difícil precisar em que medida o estilo contribui para a impressão poderosa da novela, tanto mais que em Tolstói o estilo não se vê, não se percebe, de tão natural, de tão subordinado à ideia com que nasceu. A frase do nosso escritor é desadornada, "coloquial", sem requintes verbais. Ele chega a multiplicar propositadamente as conjunções subordinativas e os pronomes relativos, e não hesita em repetir muitas vezes as palavras frequentes da conversação para conseguir inteira naturalidade. É um estilo acessível aos leitores mais simples e que entretanto exprime com exatidão e relevo os matizes mais finos, dando forma perfeita às sensações mais fugidias e nebulosas.

Em seu tão discutido panfleto *O que é arte?*, Tolstói, tirando as últimas consequências de seus princípios messiânicos, afirmaria que a arte só podia ser religiosa (dando ao adjetivo uma interpretação peculiar). Sem podermos aceitar definição tão pessoal, aproveitaríamos a aproximação entre os mundos da ficção e da fé para observar que a arte, em suas culminâncias, pode suscitar emoções não menos intensas que a emoção religiosa, como poderão verificar os leitores de *A morte de Ivan Ilitch*.

SOBRE O AUTOR

Lev Nikoláievitch Tolstói nasce em 1828 na Rússia, em Iásnaia Poliana, propriedade rural de seus pais, o conde Nikolai Tolstói e a princesa Mária Volkônskaia. Com a morte da mãe em 1830, e do pai, em 1837, Lev Nikoláievitch e seus irmãos são criados por uma tia, Tatiana Iergolskaia. Em 1845, Tolstói ingressa na Universidade de Kazan para estudar Línguas Orientais, mas abandona o curso e transfere-se para Moscou, onde se envolve com o jogo e com as mulheres. Em 1849, presta exames de Direito em São Petersburgo, mas, continuando sua vida de dissipação, acaba por se endividar gravemente e empenha a propriedade herdada de sua família.

Em 1851 alista-se no exército russo, servindo no Cáucaso, e começa a sua carreira de escritor. Publica os livros de ficção *Infância, Adolescência* e *Juventude* nos anos de 1852, 1854 e 1857, respectivamente. Como oficial, participa em 1855 da batalha de Sebastópol, na Crimeia, onde a Rússia é derrotada, experiência registrada nos *Contos de Sebastópol*, publicados entre 1855 e 1856. De volta à Iásnaia Poliana, procura libertar seus servos, sem sucesso. Em 1859 publica a novela *Felicidade conjugal*, mantém um relacionamento com Aksínia Bazikina, casada com um camponês local, e funda uma escola para os filhos dos servos de sua propriedade rural.

Em 1862 casa-se com Sófia Andréievna Behrs, então com dezessete anos, com quem teria treze filhos. *Os cossacos* é publicado em 1863, *Guerra e paz*, entre 1865 e 1869, e *Anna Kariênina*, entre 1875 e 1878, livros que trariam enorme reconhecimento ao autor. No auge do sucesso como escritor, Tolstói passa a ter recorrentes crises existenciais, processo que culmina na publicação de *Confissão*, em 1882, onde o autor renega sua obra literária e assume uma postura social-religiosa que se tornaria conhecida como "tolstoísmo". Mas, ao lado de panfletos como *Minha religião* (1884) e *O que é arte?* (1897), continua a produzir obras-primas literárias como *A morte de Ivan Ilitch* (1886), *A Sonata a Kreutzer* (1891) e *Khadji-Murát* (1905).

Espírito inquieto, foge de casa aos 82 anos de idade para se retirar em um mosteiro, mas falece a caminho, vítima de pneumonia, na estação ferroviária de Astápovo, em 1910.

SOBRE O TRADUTOR

Boris Schnaiderman nasceu em Úman, na Ucrânia, em 1917. Em 1925, aos oito anos de idade, veio com os pais para o Brasil, formando-se posteriormente na Escola Nacional de Agronomia do Rio de Janeiro. Naturalizou-se brasileiro nos anos 1940, tendo sido convocado a lutar na Segunda Guerra Mundial como sargento de artilharia da Força Expedicionária Brasileira — experiência que seria registrada em seu livro de ficção *Guerra em surdina* (escrito no calor da hora, mas finalizado somente em 1964) e no relato autobiográfico *Caderno italiano* (Perspectiva, 2015). Começou a publicar traduções de autores russos em 1944 e a colaborar na imprensa brasileira a partir de 1957. Mesmo sem ter feito formalmente um curso de Letras, foi escolhido para iniciar o curso de Língua e Literatura Russa da Universidade de São Paulo em 1960, instituição onde permaneceu até sua aposentadoria, em 1979, e na qual recebeu o título de Professor Emérito, em 2001.

É considerado um dos maiores tradutores do russo em nossa língua, tanto por suas versões de Dostoiévski — publicadas originalmente nas *Obras completas* do autor lançadas pela José Olympio nos anos 1940, 50 e 60 —, Tolstói, Tchekhov, Púchkin, Górki e outros, quanto pelas traduções de poesia realizadas em parceria com Augusto e Haroldo de Campos (*Maiakóvski: poemas*, 1967, *Poesia russa moderna*, 1968) e Nelson Ascher (*A dama de espadas: prosa e poesia*, de Púchkin, 1999, Prêmio Jabuti de tradução). Publicou também diversos livros de ensaios: *A poética de Maiakóvski através de sua prosa* (Perspectiva, 1971, originalmente sua tese de doutoramento), *Projeções: Rússia/Brasil/Itália* (Perspectiva, 1978), *Dostoiévski prosa poesia* (Perspectiva, 1982, Prêmio Jabuti de ensaio), *Turbilhão e semente: ensaios sobre Dostoiévski e Bakhtin* (Duas Cidades, 1983), *Tolstói: antiarte e rebeldia* (Brasiliense, 1983), *Os escombros e o mito: a cultura e o fim da União Soviética* (Companhia das Letras, 1997) e *Tradução, ato desmedido* (Perspectiva, 2011). Recebeu em 2003 o Prêmio de Tradução da Academia Brasileira de Letras, concedido então pela primeira vez, e em 2007 foi agraciado pelo governo da Rússia com a Medalha Púchkin, em reconhecimento por sua contribuição na divulgação da cultura russa no exterior.

Faleceu em São Paulo, em 2016, aos 99 anos de idade.

Este livro foi composto em Sabon, pela Bracher & Malta, com CTP e impressão da Edições Loyola em papel Pólen Natural 80 g/m² da Cia. Suzano de Papel e Celulose para a Editora 34, em maio de 2025.